제멋대로 떨고 있어

제멋대로
떨고 있어

와타야 리사 지음 · 채숙향 옮김

목차

제멋대로 떨고 있어

1

닿습니까? 아뇨, 닿지 않아요.

내 것이 아닌 눈부시게 빛나는 것들만 바라본 탓에, 이미 내 손에 들어온 것들은 무수한 시체가 되어 발밑을 굴러다니고 있어요. 빛조차 받지 못한 채, 내 발에 밟혀 뒤꿈치 모양으로 패어 있네요. 저 멀리 손에 닿지 않는 별님을 향해 손을 뻗는, 이 욕심 많은 인간의 본성이 인류를 진화시켜 온 걸까. 그렇다면 나 역시 인간인 이상, 살아 있는 동안에는 항상 뭔가를 갖고 싶어 해야 할지도 몰라요. 뭔가를 갖고 싶어 하는 모두의 마음이 경쟁을 낳고, 절차탁마(切磋琢磨)하는 과정에서 보다 질 높은 것이 생겨나는 거죠. 하지만 이제

지쳤어. 우선 목이 지쳤지. 그도 그럴 것이 내내 위를 보고 있었잖아. 새로운 비약이라는 말은 더 이상 계단을 뛰어오르는 이미지가 아니야. 언제부터일까, 힘껏 뛰어올라 움켜잡은 저 멀리 빛나던 것들이 금세 모든 가치를 잃고 어두운 발밑에 방치되는, 그리고 다시 먼 곳을 향해 손을 뻗는 반복적인 이미지로 이 말이 바뀌게 된 것은.

죽어라 노력하다 문득 뒤를 돌아봐도 뭔가를 이뤄 낸 순간부터 그건 과거에 불과해요. 그렇기 때문에 꽤 멀리 떨어져서 내가 이뤄 낸 것을 바라보며 히죽거려 봤자 뭐, 다 그런 거죠. 별로 행복하지 않을 겁니다. 오히려 좀 허무할 정도죠.

따라서 뭔가가 손에 들어온 그 순간, 무조건 격렬하게 기뻐하지 않으면 의미가 없어. 그런데 한계치까지 노력해서 겨우 이뤄 낸 주제에, 금세 딱딱한 표정으로 "더 높은 곳을 목표로 삼겠습니다"라니. 말만 들으면 이상이 높은 사람처럼 멋져 보이겠죠. 하지만 더 진화하고 싶다는 건 사실 본능에 지나지 않아요, 그건 지나치게 본능적인 삶을 의미하는 야만적인 말입니다. 만족할 줄 알라고 말하고 싶은 거냐고?

그거랑은 좀 달라, 만족하지 않을 줄도 알라고 하고 싶은 거야. 충분합니까? 아뇨, 충분하지 않아요. 하지만 충분하지 않으면 어때요? 일단 발밑을 한번 보세요. 당신은 만족하지 않을지도 모르지만 꽤 좋은 것들이 굴러다니고 있어요. 전혀 퇴색하지 않았어요, 아직 충분히 쓸 수 있어요. 다른 누군가는 충분히 부러워하지 않을까요? 이가 빠진 그 머그컵. 물방울무늬가 참 귀엽거든. 너무 많이 바라지 말아요, 자신에게든 타인에게든.

하지만 나는 이치(イチ)가 좋았다. 니(ニ) 따위는 필요 없어, 이치를 갖고 싶었다.

이치는 나의 별님. 끝까지 먹지 않고 남겨 둔 접시 위의 딸기. 하지만 지금 난 가져 본 적조차 없는 그를 잃어가고 있다. 고백했다가 차인 것도 아니고, 그에게 여자 친구가 생긴 것도 아니고, 그에게 환멸을 느낀 것도 아니다, 그저 사랑이 죽었다. 인생의 숙원 사업이라고 생각했던, 영원히 계속될 것 같았던 짝사랑에 유통 기한이 찾아온 것이다.

여사원들이 높은 회전율을 보이며 양옆 화장실 칸을 들락거리고 있다. 거울 앞에서 화장을 고치며 이야기하는 목소리를 들으면서, 나는 뚜껑을 닫은 변기 위에 앉아 머리를 싸매고 있다. 검정 펌프스 한 쪽은 벗겨진 채 바닥에 구르고 있고, 화장실 휴지로 눈물을 닦았더니 휴지가 녹아 뺨에 들러붙는다. 수용성. 그야 당연하다, 보통 이 휴지는 사용하고 변기에 흘려보내니까.

양옆 화장실 칸에서 합창하듯이 울려 퍼지는 오토히메(音姬, 화장실에서 가짜 물소리를 내는 음향 장치—옮긴이)의 물 내리는 소리에 내 울음소리는 흔적도 없이 사라진다. 볼일을 볼 때 오토히메 버튼을 누르는 것은 어느새 하나의 매너가 되었다. 아마도 일본 여자 화장실에서만 벌어지고 있을 신기한 현상. 오토히메가 출시된 지 얼마 안 됐을 무렵, 우리는 민망한 소리를 없앨 수 있다며 기꺼이 버튼을 눌러댔다. 초기의 오토히메는 타이머 기능으로 지속 시간이 짧아 중간에 소리가 끊기곤 했다. 그래서 잽싸게 볼일을 보든가 버튼을 연속으로 누를 수밖에 없었기 때문에, 우리는 새롭게 등장한 획기적인 센서식 오토히메에 감사했다. 그러나 이제 오토히메는 하나의 매너가 돼 버튼을 누르지 않으면 오히려 주위에 민망한 소리를 들려주고 싶어 하는 변태 취급을 받을 정도라 하나도 재미가 없다. 그래서 회사 화장실에서 너나 할 것 없이 모두가 오토히메를 사용하는 틈을 타, 나는 홀로 버튼을 누르지 않고 그녀들의 오토히메 소리를 빌어 마음껏 볼일을 봤다. 이는 내가 점심시간에 누리는 작은 즐거움이 되었고, 지금은 타인의 오토히메 소리가 나의 오열을 지워 주고 있다.

　화장실에서 인기척이 사라지고 점심시간이 끝났다. 하지만 도저히 나갈 기분이 들지 않아, 나는 유니폼이 구겨지건 말건 상관하지 않고 변기 뚜껑 위에 웅크리고 앉아 있다. 설령 상사가 부르러 온다고 해도, 위에서 누가 양동이로 물을 끼얹는다고 해도 밖으로 나가고 싶지 않다. 농땡이 치고 싶은 게 아니다. 회사를 그만두고 싶은 것도 아니다. 그저 회사가 싫을 뿐이다. 오늘 이대로 집에 가서 내일이고 모레고 출근하지 않았으면 좋겠다. 휴직계를 내야지. 하지만 이유 없는 휴직은 나를, 별 도움도 안 되면서 갑자기 오래 쉬거나 한다는 이유 있는 해고로 몰아넣을지도 모른다. 내가 바라는 건 어디까지나 휴직이기 때문에 퇴직하면 내가 지는 셈이다. 그건 싫어, 뭔가 다른 방법을 생각해 내야 해, 뭔가를.

나에게는 두 명의 남자 친구가 있다. 어차피 이런 상황은 오래가지 않을 테니 마음껏 즐길 생각이다. 두 명의 남자 중 이치는 원래 내가 가장 사랑하는 사람이지만, 도저히 백년해로할 수 있을 것 같지 않아 종종 겁먹은 미소를 짓는 그의 모습을 보고 싶을 뿐이고, 두 번째 남자 니는 전혀 사랑하지 않지만 장차 결혼할지도 모르는 상대다. 만약에 니와 결혼한다면, 나는 너무나도 해맑게 가짜 교회에서 신부 의상을 빌려 입고, 과거의 집대성이자 수집품인 친구들을 오래된 순서대로 나란히 세운 뒤, 그들이 지켜보는 가운데 식장으로 입장할 것이다. 적당히 해치우면 된다. 시치고산(七五三, 아이들의 성장을 축하하는 행사. 남자는 3, 5세, 여자는 3, 7세 되는 해에 기모노나 정장을 입고 마을의 수호신 등에 참배한다―옮긴이) 의상을 대여해 입고 굳은 입매로 선서대 앞에 서는 남자가 이치가 아니라면, 솔직히 말해서 누구라도 상관없다. 영어 투가 섞인 일본어를 구사하는 국적 불명의 신부님이 성경의 한 구절을 읽는 동안, 신랑인 니 옆이 아니라 초대 손님용 소파 끝에 드레스 차림으로 앉아, 모른 척하며 다리를 꼬고 창틀에 턱을 괸 채 비에 젖은 아름다운 황록색 잔디밭을 바라보고 싶다. 친척들이 일제히 소곤거리고, 검정색 기모노에 학과 거북이 무늬의 띠를 맨 어머니가 창백해진 얼굴로 드레스 자락을 잡아당겨도, 나는 턱을 괸 자세를 유지할 것이다. 신부님이 부를 때만 선서대로 가서 가게를 찾은 아저씨 손님이 포렴 사이로 얼굴을 내밀 듯이 직접 베일을 걷고 너에게 입술을 부딪칠 것이다.

그러고는 창문을 열고 구두 뒤꿈치로 힘껏 창틀을 박차 잔디밭 정원에 내려선다. 발목에 휘감긴 하이힐의 하얀 리본을 풀어 벗어 버리고, 맨발로 정원을 가로지르고 언덕을 뛰어내려 바닷가까지 내달린다. 숨이 차오르면 한곳에 모여 있는 방풍림의 소나무를 꽉 껴안고 잠시 휴식. 거칠어진 호흡을 가다듬은 후 다시 바다로 달려간다. 파도가 부서지는 곳에서 진흙이 섞인 모래와 바닷물에 더러워진 드레스 자락을 휘날리며 걷고 싶다. 찍히자마자 파도에 씻겨 사라지는 내 발자국, 내 노랫소리를 지우는 파도 소리, 바다를 향해 힘껏 내던진 팔꿈치까지 오는 순백의 레이스가 달린 장갑이 햇빛을 반사하는 파도 사이를 떠다닌다.

만약에 이치와 결혼하게 된다면, 나는 남편을 주시하는

간수 같은 신부가 될 것이다. 매일 밤 달을 향해 예식이 무사히 끝나기를, 결혼식 전날 이치가 도망치지 않기를 기도하겠지. 결혼식 당일에도 여전히 불안한 나는 몰래 이치의 턱시도 나비넥타이에 GPS를 달아 놓는다. 결혼식도 초대 손님 중에 섞여 있던 전 여자 친구와 이치가 오랜만에 만나 다시 불타오르지 않을까, 술에 취한 내 옛 친구가 이치에게 학창 시절의 내 부끄러운 이야기를 폭로하지 않을까 불안해서 친척만 부른다. 또 신혼 생활을 위해서도 돈은 별로 쓰고 싶지 않으니 결혼식은 저렴한 호텔의 작은 홀에서 열 것이다. 작은 규모라도 반드시 결혼식을 올리는 데는 이유가 있다. 혹시라도 이치가 변심했을 경우, 이것 봐, 우리는 분명히 결혼했어, 이제 와서 없던 일로 하기엔 늦었단 말이야, 라며 결혼식을 우리 두 사람이 영원히 결합한 증거로 내밀기 위함이다. 내 말이 맞지? 우리가 이렇게 요란 법석을 떨었다고, 주변 사람들도 끌어들이고 돈도 썼으니 이제 도망칠 수 없단 말이다아아아~.

하지만 아무리 GPS로 위치를 추적해 봤자, 이치는 약간의 틈만 있으면 스르르 빠져나가 버릴 거야. 왜냐하면 그는 나를 좋아하지 않으니까. 만일 제대로 도망치지 못했다면, 결혼식 당일이라도 신랑 대기실에서 얌전한 얼굴로 내게 "이대로 괜찮은 걸까?"라고 한마디만 하면 돼. 아니, 턱시도 차림으로 어깨를 축 늘어뜨린 채 그저 고개를 갸웃거리기만 해도, 그는 나에게 강제로 어린 왕자를 붙잡아 온 산적의 죄책감을 심어 줄 수 있어. 그는 자유야. 매일, 매시간, 매초 자유야. 구속할 수 없어. 하지만 나는 그의 자유를 사랑할 수 없지.

그런 결혼이 과연 행복할까?

2

 나는 가게에 들어가도 무슨 옷을 살지 바로 결정하지 못하는 타입으로, 고민하는 사이에 찍어 둔 옷이 팔려 버리곤 한다. 하지만 중학교 2학년 교실에서는 많은 친구들 중에서 이치를 발견하자마자 단번에 좋아하게 되었고, 마음속으로 즉시 그를 샀다. 옷을 살 때는 나에게 어울리는지, 살 돈이 있는지, 입고 갈 데가 있는지를 생각해야 하지만, 누구를 좋아할지는 자유다. 돈도, 입어 볼 필요도, 주문도 필요 없다. 단, 보답을 바라지 않는다는 조건하에.

 "이~ 치."

 "왜?"

"그냥 한번 불러 봤어."

이런 식으로 그에게 장난을 칠 수 있는 사람은 물론 내가 아니다. 아침에 이치가 등교하면 활발한 그룹의 여자애들이 그를 불러 세우고는 킥킥대기 시작한다.

"이치, 머리가 뻗쳤어."

"아닐 텐데."

"뻗쳤다니까, 저 뒷머리 뻗친 것 좀 봐, 귀여워!"

혼잡한 틈을 타 여자애 하나가 이치의 머리카락을 만진다. 그러면 내가 만진 것 마냥 내 손가락 끝이 섬세하게 흘러내리는 이치의 머리카락을 느끼듯 찌릿하게 달아오른다.

"어이, 이치. 왜 이렇게 늦게 왔어?"

이치가 책상에 가방을 내려놓을 틈도 없이, 우리 반 남자 아이들은 재빨리 이치에게 다가가 어깨에 팔을 두르며 자기 패거리 속에 억지로 끌어당긴다.

길고 무거운 느낌의 찰랑대는 앞머리, 옆으로 길게 처진 눈은 미소를 지으면 살짝 능글맞아 보이고, 부리부리한 검은 눈동자는 촉촉이 젖어 있다. 아직 소년티를 완전히 벗지 못한 그가 교실을 걸어가면 남자고 여자고 할 것 없이 모두 그와 장난을 치고 싶어 했다. 그 무렵 여자애들에게 인기가 있는 스타일은 운동을 잘하고 활발하거나 공부를 잘하는, 즉 자신감이 넘치면서 묘하게 넉살 좋은 남자였기 때문에, 누가 이치를 좋아한다는 얘기는 들은 적이 없었다. 똑같이 인기가 있어도 그는 일반적으로 인기 있는 애들과 달리, 우리 반의 애완동물 같은 존재였다. 그러나 나에게 이치는 애완동물이 아니다.

"어이, 만지지 마."

앞자리 여자아이에게 장난으로 지우개를 뺏긴 이치가 웃으면서 말한다.

"하, 지 말, 라, 고."

교실에서 술래잡기를 하던 남자아이에게 붙들린 이치가 상대의 손을 뿌리치면서 말한다. 의외로 세게 뿌리치자 욱한 남자애는 더 격렬하게 이치를 쫓아다닌다.

"이치는 귀여워~, 왠지 강아지 같아."

여자애들이 소곤거렸지만, 모두를 매료시킨 그의 매력은 귀여움이 아니라 두려움이다. 다들 앞자리 여자아이가 앞으로 몸을 돌렸을 때 이치가 몰래 휴지로 지우개를 싹싹 닦은 사실은 알지 못했다. 한창 다른 아이에게 쫓기고 있을 때 그의 이마를 적셨던 땀이 운동 때문이 아니라는 사실도 깨닫지 못했다. 체온이 높고 신진대사가 활발해서 금세 땀을 흘리는 체질은 아이 같은 용모의 그에게 어울리긴 하지만, 그의 땀은 사실 그냥 땀이 아니라 식은땀이었다.

그는 명랑하게 행동했지만, 내심 허물없이 다가오는 인간에게 공포심을 느꼈다. 무의식적으로 그 공포의 냄새를 맡고 아이들은 흥분해서 그를 향해 모여든 것이다.

처음으로 그 사실을 깨달은 것은 반 친구들에게 한참을 시달린 후 혼자 남은 그의 곁을 지나칠 때 들려온 커다란 한숨 때문이었다. 성희롱 상사를 견뎌 내는 신입 여사원처럼, 가련하고 우울한 느낌의 한숨. 그러니 나는 이치에게 말을 걸지 않을 거야. 누구나 허물없이 대하는 이치에게 나만은 다른 아이들과 다르다는 느낌을 주기 위해서. 이치에게 관심이 있다는 사실은 이치 본인은 물론 주위에도 절대 들키면 안 돼. 들키면 난 다른 애들이랑 똑같아지는 거야. 점심시간에 자리에 앉아 그저 시야 가장자리로 그를 지켜보기만 할 뿐.

시야 가장자리로 보는 기술은 이치를 보고 싶지만 내가 보고 있다는 사실을 눈치 채지 못하도록 고안해 낸 것이다. 칠판이나 청소 도구함의 쓰레받기를 보는 척하면서, 사실은 시야 끝에 들어온 이치에게 의식을 집중시킨다. 눈의 혈관이 터질 듯한 복잡한 작업이지만, 시야 끝에서 어른거리는 이치를 본인 모르게 관찰할 수 있다는 건 점심시간의 가장 큰 즐거움이었다. 친구와 이야기하며 웃을 때면 위로 들리는 이치의 뾰족한 턱, 친구를 쫓아다닐 때 휘날리는 그의 무거워 보이는 머리카락. 이치는 운동장을 쓸 수 있으면 점심시간에는 친구와 축구를 하기 때문에, 교실에서 내가 시야 가장자리 기술을 쓸 수 있는 날은 비가 오는 날뿐이었다. 그 때문인지 이치에 대한 기억은 빗소리와 교실 창문으로 보이는 잔뜩 흐린 하늘이 짝을 이루고 있다.

2학기가 되자 나는 시야 가장자리로는 성에 차지 않아 점심시간에 이치를 주인공으로 한 만화를 그리기 시작했다. 옴니버스 형식의 만화 〈모태왕자(天然王子)〉는 건강하고 민첩해 보이는 왕자가 때때로 성을 빠져나와 신분을 감춘 채 마을 사람들의 고민을 들어주고, 주변을 탐문하거나 탐정처럼 조사를 하여 모든 악의 근원을 찾아낸 뒤, 왕자의 권한을 휘둘러 이를 응징하는 이야기였다. 벚꽃 문신을 새긴 상투머리나 인갑(印匣)을 갖고 다니는 아저씨의 존재도 잘 모르는 상태에서, 나는 무의식적으로 일본인의 DNA를 진하게 드러내고 있었다. 반에는 나 말고도 만화를 그리는 여자아이가 있었는데, 그 애의 만화는 반 아이들을 등장인물로 한 개그만화였다. 그림 실력도 뛰어나 그 애의 주위는 만화를 보는 아이들로 넘쳤지만, 내 책상 주위는 한산했다. 질투가 났다. 하지만 그 애의 만화는 직접 가상의 캐릭터를 만들어 거기에 실제 인물의 모습을 투영하는 식의 복잡한 과정을 거치지 않은 것이었다. 그 애는 반 아이들 자체를 캐릭터로 삼은 덕분에, 아무도 내가 그린 모태왕자가 이치라는 사실은 알아채지 못했다.

다 그린 노트가 하나둘 쌓여 '한 권'이 되는 동안, 나에게도 서서히 독자가 생기기 시작했다. 가령 가장 인기가 많은 만화쟁이의 노트를 다른 아이에게 뺏겨 읽을 수 없을 때, 허탕을 친 아이들이 심심풀이로 와서 멋대로 내 노트를 펼쳐 읽기 시작했다. 다음 편이 궁금하다는 남자애도 있었고, 모태왕자를 한번 그려 봤다며 일러스트를 보여 주는 여자애도 있었다. 묵묵히 노트를 읽고 있는 동급생 바로 옆에서 다음 만화를 그리고, 귀를 기울이면 이치의 말소리가 들려오는 점심시간의 교실은 최고의 창작 환경이었다.

어느 날 문득 이치가 내 만화를 읽고 있다는 걸 깨달았다.

이치!

왔다! 가까이서 보고 싶어. 하지만 다가가면 도망갈지도 몰라. 살짝 움직이기만 해도 놀라서 날아갈 수 있어. 베란다에 뿌려 둔 빵 부스러기를 쪼아 먹으러 온 참새를 거실에서 한창 TV를 보다 발견한 사람과 같은 기분. 젓가락으로 소쿠리를 받쳐 덫이라도 만들어 둘걸 그랬나 봐.

하지만 내가 시야 가장자리가 아니라 똑바로 쳐다봐도 이치는 도망가지 않았다. 항상 시야 끝에서 희미하게 보였던 그는 확실한 상을 맺고 있었다. 박정해 보이는 얇은 입술, 턱선, 아래로 내리깐 눈, 노트를 든 가냘픈 손 모두가 선명하고, 내가 상상했던 것보다 몇 배나 찰랑거리는 머리카락은 밤색을 띠고 있었다. 좁고 꽉 끼는 곳에 갇히는 게 어울릴 것 같은 남자아이. 그래, 다음번 〈모태왕자〉는 왕자가 마법에 걸려 와인 코르크 마개로 변해 버리는 이야기를 그리자. 옴짝달싹 못 하고 병 주둥이에 꽉 낀 채, 어두운 저장고에 갇히는 왕자는 틀림없이 섹시할 거였다.

"왜 왕자야?" 이치가 내 노트를 넘기면서 물었다.

"일국의 주인이니까." 아무 생각 없이 그저 입으로만 떠들었기 때문에 뜻은 통하지 않았다.

"흐음, 헤어스타일이 이상해."

나는 순간적으로 손으로 내 머리카락을 눌렀지만, 이치가 말한 건 모태왕자라는 사실을 깨달았다. 왕자의 버섯 모양으로 자른 들뜬 머리는 물론 이치를 따라 한 것이다.

이치는 노트를 내 책상 위에 던져 놓더니 축구를 하러 교실에서 나갔다. 화창한 날씨의 점심시간인데도 교실에서 이치와의 추억이 생겼다. 짧고 이상한 대화였지만, 그래도 괜찮아. 이야기할 수 있었던 것만으로 충분히 기뻐. 말을 걸어 줘서 고마워, 이치.

이치가 만화를 읽어 준 날 이후로, 멋대로 그도 나와 이야기하고 싶어 한다는 메시지를 수신한 나는 이치의 기대에 부응해 뭔가 액션을 취하고 싶었다. 방과 후 가정과 교실에서 나머지 과제를 마친 뒤 교실에 가방을 가지러 갔더니, 이치가 혼자 하얀 분필로 '나는 수업 중에 떠들지 않겠습니다'라고 칠판에 빼곡히 쓰고 있던 적이 있었다. 나는 작정하고 말을 걸었다.

"뭐 해? 미야모토(宮元) 선생님이 쓰라고 시킨 거야?"

"응. 백 번 쓰면 확인하러 온대."

칠판에 분필을 던지듯이 이치가 글자를 휘갈겨 써 내려갔다. 그로서는 드물게 화를 내고 있는 듯한 모습이었다. 역사 선생님인 미야모토는 가학적인 구석이 있어서, 편애하는 이치가 뭔가 실수를 저지르면 다른 아이들보다 엄한 벌을 내려 이치의 주의를 끌려고 했다.

"〈심슨〉에 나오는 바트 같아."

"누구? 외국인이야?"

"아니, 아무것도 아니야. 하나쯤 '나는 수업 중에 떠들겠습니다'라고 써도 모르지 않을까?"

두근거리는 마음으로 나는 이렇게 제안했다. 이치는 칠판을 응시한 채 입을 삐죽 내밀며 침묵했다. 잠시 후 쓰다 만 문장 하나를 '나는 수업 중에 떠들겠습니다'라고 마무리

했다.

"틀린 그림 찾기 같아."

내가 믿을 수 없을 만큼 기뻐서 웃으며 말했더니, 분필을 쥔 채 이치가 고개를 푹 숙이고 크게 한숨을 쉬었다. 갑자기 이치가 나를 미워하지 않을까 두려워진 나는 가방을 붙잡고 인사도 하지 않은 채 교실을 빠져나갔다.

중학교 2학년이 끝나고 이치와 반이 갈렸다. 시야 가장자리로조차 그를 볼 수 없게 된 후, 볼일이 있어 직원실로 이치의 담임이 된 미야모토를 찾아갔다. 그녀의 책상 위에 예전에 칠판에서 본 적이 있는, 휘갈겨 쓴 지저분한 글씨로 가득 찬 종이가 있기에 내가 빤히 쳐다보니 그녀는 쓴웃음을 지었다.

"이치노미야(一宮) 군에게 반성문을 쓰게 했더니 한두 군데 '지각하겠습니다'라든가 '친구와 떠들겠습니다'라고, 전혀 반성하지 않는 문장이 섞여 있는 거야. 이상한 애지? 그래서 그 아이가 쓴 문장을 다시 봐야 돼. 이것도, 앗, 여기도 섞여 있네. 한 번 더 백 번을 써야겠어."

미야모토가 빨간 펜으로 밑줄을 그은 곳에는 '나는 이제

두 번 다시 지각을 하겠습니다'라고 쓰여 있었다. 나는 달콤한 현기증이 나면서 머리가 어지러웠다. 선생님, 이치의 그 문장은 당신을 향한 장난이 아니랍니다. 그는 내 말 한마디를 1년이 지난 지금도 기억해 준 거예요. 그러니까 본인 공으로 돌리지 마세요. 그 이상한 문장은 나와 이치가 정신적으로 이어져 있다는 증거라고요.

3

　"경리를 보는 여자는 성실하고 빈틈이 없어서, 결혼하면 꼼꼼하게 가계부를 적는 좋은 아내가 될 것 같아요."

　올여름 영업과와 함께한 교류회에서 니가 자기소개를 한 뒤 이렇게 덧붙이는 바람에 우리 경리과 여자들은 썰렁한 미소를 짓고 말았다. 빈틈이 없는 건 일이기 때문이잖아. 왜 요즘 같은 시대에 가정에서도 가계부를 써야 하는 거지? 그런 것도 간파하지 못하다니 멍청하군.

　체육 계열 출신인 니는 배가 살짝 나온 체격에 웃자란 스포츠형 머리를 포마드로 단단히 고정시킨 남자로, 이목구비가 뚜렷하고 갓 나온 도시락 밑바닥처럼 따끈따끈하고 숨

막힐 듯이 뜨거운 아우라를 내뿜고 있었다.

입사 동기라는 사실은 알고 있었지만 니와 제대로 이야기를 한 것은 그 교류회가 처음이었다. 여자가 많은 경리과와는 반대로 남자가 많은 영업과는, 비즈니스의 최전선에서 다른 회사 사람들과 접하고 있는 탓인지 남자다운 활기가 넘쳤다.

교류회에서 경리과 여자들의 인기를 한 몸에 모았던 유망주 1위이자 최고의 외모를 가진 영업맨은 이제 회사에 없다. 그는 일도 잘하고 분위기 파악도 잘하고 눈치도 빨랐지만, 지나치게 눈치가 빠른 탓에 남의 말에는 항상 숨은 뜻이 있다고 생각했다. 씩 웃으면서 뭐든 다 파악하고 있는 것처럼 고개를 끄덕이는 버릇이 있었는데, 자기 주위에는 적뿐이라고 생각했던 것이다. 항상 자기가 주도권을 쥐고 싶어하는 타입이라 상사 밑에서 일하고 있는 것을 인정하려고 하지 않았다. 상사의 명령으로 움직일 경우에도 '내'가 정했다고, '내'가 하기로 했다며 항상 주어는 자기였다. 주위 사람들이 그가 유능할진 모르지만 왠지 함께하기는 힘든 사람이라는 걸 깨닫기 시작하면서 인기가 떨어지게 됐을 무렵

그는 회사를 그만두었다. 그만둘 때도 어쩔 수 없이 그만두는 게 아니라 어디까지나 스스로 회사를 포기했다고 주장하는 모습이 인상적이었다. 나는 마음속으로 그를 데키스기[出来杉, 지나치게 유능하다(出来すぎ)는 말과 동음이의어 — 옮긴이] 군이라고 부르며 배웅했다. 결국 회사에는 니처럼 싫은 소리를 들어도 눈치 채지 못하는 뻔뻔한 사람만 남아 매일 출근 중이다.

"그 교류회…… 사실은 영업 동기에게 부탁해서 내가 개최한 거야."

클럽에서 만난 두 번째 주말 데이트에서 니가 자백했을 때, 울려 퍼지는 시끄러운 테크노 음악 소리 때문에 나는 그가 뭐라고 하는지 잘 듣지 못했다.

"응? 뭐라고?"

"그러니까 그 교류회를 개최한 사람이 사실 나였다고. 에토 씨랑 알게 될 계기를 갖고 싶었지만 흑심을 들키고 싶지 않았거든. 그래서 영업 동기에게 간사를 부탁해서 교류회를 개최했지."

니가 목소리를 높였다.

"저기, 여기 너무 시끄러운데 이제 나갈까? 어디 찻집이라도 가지 않을래?"

너의 장소 선택은 완전히 잘못됐어, 라는 듯이 니가 쓴웃음을 지었다. 지금 여기 있는 게 불편한 걸 내 탓으로 돌리려고 하는군. 하지만 그렇지 않다. 니는 이야기를 하고 싶을지도 모르지만, 나는 음악을 듣다가 내키면 춤을 추고 싶어서 클럽을 고른 것이다. 그러니까 난 잘못한 게 아니야.

오타쿠 주제에 테크노 음악을 좋아하는 나는 인터넷으로 다운받아 집에서 헤드폰으로 듣곤 했다. 하지만 언젠가는 레이저 빔과 스모그 속에서 큰 소리로 들어 보고 싶었는데, 아무도 같이 가자고 해 주지 않을 것 같았다. 그래서 니가 어딘가 가자고 말을 꺼냈을 때 이케부쿠로(池袋)의 한 클럽을 지정했다. 밤 아홉 시, 만나기로 한 클럽 앞에 니는 회사에서 곧장 온 정장 차림으로 나타났고, 그의 목을 조르고 있는 넥타이와 숨 막힐 듯이 더운 긴 소매 커터 셔츠를 본 나는 우울해졌다. 옷을 갈아입고 올 시간은 있었을 텐데 굳이 출근복 차림 그대로 온 건 자기가 사회인임을 어필하는 걸까. 그러나 놀 때마저 정장을 입고 오면 나까지 편하게 쉴 수 없다.

　니는 음료권과 맥주를 교환하더니 댄스 플로어에는 눈길도 주지 않고 나를 테이블석으로 데려가 일반적인 레스토랑을 찾은 것처럼 자기에 대해 이야기하기 시작했다. 비교적 좋은 대학을 나온 것, 일을 즐기고 있는 것, 초등학생 시절부터 축구를 해서 고등학교 때는 현(縣) 대회까지 나갔던 것. 대화 구석구석에 대단히 자연스럽게 본인의 긍정적인 정보를 집어넣었다. 마치 화장실이나 세면대에 살며시 작고 노란 꽃으로 만든 포푸리를 놓아두는 것처럼. 나에게 이것만큼은 말해 둬야 한다는 항목이 정해져 있는 것 같았다. 영업처럼 자기를 나에게 팔려고 했다. 깊은 생각에 잠겼던 내가 고개를 크게 끄덕이며 일어나 "알았어, 너에게 맡길게. 부탁해, 니군"이라며 그의 어깨를 두드리기라도 할 거라고 생각하는 걸까. 한번에 다 알아 버리면 흥미가 사라져서 다음에 또 만나고 싶지 않을 수도 있다는 생각은 하지 않는 걸까.

　"요즘 운동 부족을 해소할 생각에 퇴근하고 나서 근육 트레이닝을 했더니 고등학교 시절의 대퇴근이 부활한 것 같

아. 지금까지 잘 들어가던 정장 바지가 허벅지 부분이 꽉 끼어서 들어가질 않는 거야. 바지를 다시 사야겠어. 아, 귀찮아."

"허벅지 근육이 엄청 발달했구나."

"뭐, 요즘 사용하질 않아서 그 정도는 아냐. 내 기준으로 보면 그저 그런 정도야."

자기 입으로 자기 자랑을 한 주제에 겸손을 떠는 니. 부탁하지도 않았는데 내 앞에서 멋진 솜씨로 마술을 부린 느낌이었다. 자, 그럼 사라진 내 동전은 어디로 간 거지?

"소소한 운동만으로도 상당한 근육을 유지할 수 있다는 걸 깨닫고 나서는 매일 가볍게 하고 있어. 복근 운동 천 번, 제자리 뛰기 천 번, 그리고 나머지 운동은 지치지 않을 정도?"

"퇴근 후에도 몸을 움직이면 피곤할 것 같은데."

"그렇지도 않아. 의외로 회사에서는 움직이지 않는걸. 영업을 나갈 경우에는 외근이나 출장처럼 몸을 움직이는 업무가 꽤 있지만, 그걸로 지치거나 하진 않아. 혹시 에토 씨, 집에 가면 먹고 자기만 하는 거 아냐?"

"아무래도 그렇지, TV 보고 목욕하고."

"그럼 안 돼. 몸을 위해서도 운동을 해야 해. 산보라든가 스트레칭이라도 괜찮으니 자기 전에 근육을 늘려 주는 게 좋아. 특히 경리는 외근도 없고 앉아 있기만 하니까. 쉬는 날에는 뭐 해?"

"집에 있을 때도 있고 장 보러 가기도 하고."

플로어에서 커다란 환호 소리가 들려왔다. 인기 DJ가 등장한 것 같았다. 그러고 보니 오늘은 연예인이 DJ를 한다고 입구에 포스터가 붙어 있었다. 보고 싶다, 보고 싶어. 허리가 들썩거렸지만, 니는 환호성이 일었을 때 시끄럽다는 듯이 얼굴을 찌푸렸을 뿐, 이야기를 계속했다.

"체육관 같은 데라도 가자. 스물다섯 살 넘으면 근육이 퇴화하기 시작하니까, 몸을 위해서 서른 살이 되기 전에 어느 정도 단련해 두는 게 좋아."

지적하는 것도 모자라 충고까지 하는 니. 부탁하지도 않았는데 눈앞의 실크 모자에서 비둘기를 꺼내는 장면이 펼쳐진 느낌이었다. 자, 그럼 이 비둘기는 내가 키워야 하는 거야?

"평소 몸을 단련해서 별로 피곤하지 않은가 봐."

"글쎄, 피곤한 건 몸을 움직일 때가 아니라 머리를 쓸 때가 아닐까? 일전의 프로젝트는 움직이는 돈이 억 단위라서 신경을 많이 썼어. 그때는 아무래도 피곤하더라. 내가 담당이었거든."

"아직 젊은데 그런 큰 프로젝트를 맡다니, 우수 사원이구나."

"아니, 우수해서가 아니야. 노력이 필요하고 책임도 큰 프로젝트다 보니 위에서 맡기 싫어했거든. 그래서 잘 움직이고 적극적인 젊은 사람에게 떠맡긴 것뿐이야. 하지만 이번에 일이 잘됐으니 나에 대한 사내 평가가 좀 올라갈지도 몰라. 그럼 다행인데 말이지. 어쨌든 그때는 집에 가면 현관에 쓰러지자마자 아침까지 쭉 잘 정도로 피곤했었어. 끝까지 해냈다는 느낌이랄까?"

원하는 대로 맞장구를 쳐 줬는데도 이를 바로 부정하는 사람. 또 기획이라는 말을 허세를 부려 프로젝트라고 부르는 사람. 내가 싫어하는 사람이었다.

"노력한 보람이 있어서 성공했구나. 잘됐네."

"글쎄. 성공하면 2억 엔이 들어오지만, 실패하면 지금까지 한 투자가 전부 물거품이 되거든. 리더를 맡았던 나로서는 상당히 긴장했었지."

억 이야기는 억을 벌고 나서 해 주세요! 아무리 큰 단위의 돈이 걸린 일을 했다고 해도, 당신 월급은 변하지 않잖아요.

"에토 씨도 말 좀 해 봐. 에토 씨는 어떤 사람이야?"

"에토 요시카(江藤良香). 26세. 일본인. B형. 주식회사 마루에이(マルエイ)에 근무하고 얼굴에는 버짐이 잘 피어. 머리카락은 염색한 적 없음. 아토피 체질이고 목은 1년 내내 색소가 침착된 상태야. 남자 친구 없고, 저금 없고, 한 달 집세는 7만 5천 엔. 싫어하는 건 한가한 사람. 좋아하는 건 스튜. 요즘 푹 빠져 있는 건 인터넷 위키피디아로 멸종동물에 대해 찾아보는 거야."

"저기, 쓱 얘기하고 넘어갔는데, 진짜 남자 친구 없어?"

"지금은 없어."

"오호, 언제부터?"

"꽤 오래전부터."

"흐음, 난 1년 전부터 없었어. 대학 때부터 7년 동안 사귄 연상 여자 친구랑 헤어졌거든."

그는 다시 본인에 대해 이야기하기 시작했다. 하지만 나는 바로 어제 위키피디아에서 찾아낸 멸종동물에 대해 이야기하고 싶었다. 실컷 이야기하고 싶어서 자기소개 맨 마지막에 얘기했는데 전혀 미끼를 물지 않다니, 섭섭하군. 위키피디아에는 멸종동물 일람이 있어서 일람을 클릭하면 어떤 동물이 어떤 경위로 멸종했는지 알 수 있다. 그런데 이름이 죽 나열되어 있는 리스트를 보고 있으면, 인간 때문에 이 동물이 지구상에서 사라져 버렸구나, 하고 엄숙한 기분이 든다. 가령《이상한 나라의 앨리스》에 나오는 도도새. 날개가 퇴화되어 날 수 없는, 노랑과 검정이 섞인 기이한 부리를 가진 이 뚱뚱하고 커다란 새는 모리셔스 섬에서만 생존이 확인되었는데, 네덜란드인들이 구경거리 삼아 자국으로 갖고 오는 바람에 멸종했다.

또 스텔라바다소를 예로 들어 보자. 1741년 항해 중이던 러시아 배가 난파하는 바람에 살아남은 선원들은 어느 무인도에 도착했다. 선원들의 반 이상이 괴혈병으로 죽어가는 가운데, 몇몇 사람들이 지금까지 본 적 없는 몸은 물개, 꼬리는 고래처럼 둘로 갈라진 스텔라바다소 무리가 바다를 헤엄치고 있는 것을 발견했다. 인간을 그다지 경계하지 않는 그들을 잡아먹은 선원들은 스텔라바다소를 보트 재료로 사용하여 섬을 탈출, 지나가던 배에 무사히 발견돼 조국으로 돌아갈 수 있었다. 그리고 그들 중 한 사람이 잡기도 쉽고 맛도 아주 좋은 동물이 있다고, 정부에 스텔라바다소의 존재를 알렸다. 금세 섬에 상륙한 사람들은 스텔라바다소를 남획하여 멸종시켜 버린다. 스텔라바다소는 7미터 정도로 큰 것도 있었고, 무리로 행동하는 습성 때문에 동료, 특히 암컷이 상처를 입으면 수컷들이 다가와서 몸에 꽂힌 작살을 뽑으려고 하거나 감겨 있는 밧줄을 풀려고 했다. 그래서 한번에 대량으로 포획할 수 있었다고 한다. 그들의 상냥한 습성을 이용해서 사냥을 한 인간은 정말이지 비정한 존재야. 옛날에는 전 세계에 분포해 있어서, 홋카이도(北海道)와 도호쿠(東北) 지방에서도 스텔라바다소의 화석이 발견된 것 같아. 이상 출처는 위키피디아. 위키피디아에서 얻은 정보를 말할 기회를 주지 않다니, 이 얼마나 불친절한 일인가.

"7년을 사귀고 헤어진 여자 친구 말인데, 엄청나게 헌신하는 타입이었어. 그런데 결혼, 결혼, 노래를 부르기 시작하더라고. 그 후부터는 그녀가 뭘 해 줘도 이 여자가 결혼하고 싶어서 나한테 정성을 다하나 싶은 거야. 그러면서 마음이 식었지. 결정적으로 헤어지게 된 건 내 대답을 기다리지 못하고 우리 부모님께 먼저 이야기를 매듭지으러 갔을 때야. 그때 연애의 끝에 결혼이 있긴 하지만, 결혼이 목적이 되고 거기서부터 부부 생활을 시작하는 건 나에게 어울리지 않는다고 생각했어. 시간이 지나면서 그녀에 대한 마음도 누나나 가족에 대한 마음처럼 변했고, 이제 헤어질 때가 됐나 싶어서 헤어졌지."

누나 같다고? 그럼 가족이 돼 주면 되겠네. 두 손 모아 애도하지 않을 수 없군. 7년을 사귀고 이런 변명을 하다니, 잘 때 목이나 어깨가 뻐근하지 않아? 그녀가 저주를 위해 자기의 원령(怨靈)을 보냈어도 이상할 게 없어. 니의 전 여친, 얼굴은 모르지만 당신의 억울함을 나는 잘 압니다. 오래 사귄 후에는 결혼하고 싶은 게 여자의 자연스러운 욕구인데, 이걸 이해 타산적이라고 생각하다니 절망스럽네요.

"그래서 그 여자, 나랑 헤어진 후에 딱 3개월 사귄 녀석과 결혼한 것 같더라고." 당시 어지간히 충격을 받았는지, 니는 과거를 떠올린 것만으로도 괴로운 듯 얼굴을 찌푸렸다. "역시 내 생각대로 그 여자는 그저 결혼이 하고 싶었을 뿐이었던 것 같아. 그럼 나랑 사귀었던 시간은 뭔가 싶어서 상처를 좀 받았지."

"초조해 하는 여자는 매력 없어. 몇 살이 됐든 사랑은 사랑 그 자체였으면 하니까."

"좋은 여자기는 했는데."

니는 국어책을 읽는 듯한 내 말투도 알아채지 못하고, 아무한테도 도움이 안 되는 코멘트를 달더니 일어났다.

"슬슬 나가자. 이제 충분하잖아? 나는 좀 조용한 곳에서 에토 씨랑 얘기하고 싶어."

찻집은 이미 닫았고 열려 있는 가게는 시끄러운 이자카야 정도였다. 열대야 속에서 이케부쿠로 거리를 방황하다 하이힐을 신은 내 발뒤꿈치가 스트랩에 쓸려 벗겨졌을 때쯤, 가라오케 747의 점원이 우리를 향해 싸게 해 드려요, 라고 말하며 다가왔다. 그러자 니가 "여기 괜찮지 않아?" 라고 해서 우리는 안으로 들어갔다.

가라오케 룸에 들어간 니는 노래를 부르려는 기색은 전혀 없이 나와 마주보고 앉아 진지한 투로 말을 꺼냈다.

"에토 씨, 갑자기 내가 전화로 둘이서만 만나자고 해서 깜짝 놀랐지?"

딱히 놀라진 않았지만 일단 고개를 끄덕였다. 그러자 니는 쑥스러운 듯이, 하지만 만족스러운 듯이 그랬겠지, 라며 고개를 끄덕였다.

"놀라게 해서 미안해. 하지만 경리과는 경비 정산할 때가 아니면 접촉할 일이 없고, 회사 안에서 말을 걸기도 부끄러워서 말이야. 갑자기 연락할 수밖에 없었어. 하지만 오늘 나와 줘서 고마워."

나와 같은 타입인 그의 행동은 나에게 전혀 의외의 일이 아니다. 니도 나처럼 아집이 심해서 누군가에게 꽂히면 끈질기게 쫓아다니는 타입이었다. 자기 맘대로 이 사람이 내 운명의 사람이라고 단정 짓는, 스토커 바로 전 단계의 자아도취가 심한 타입. 그걸 알기 때문에 오히려 매몰차게 굴 수 없었다.

"8월쯤 처음으로 대화를 했을 때, 에토 씨가 날 혼냈잖아. 정산서를 대충 만들어서 내지 마세요, 라고. 경리과 사람은 영업과 윗사람에게 미비한 정산서를 가져가고 우리는 상사에게 혼나는 게 보통인데, 에토 씨는 직접 혼내러 왔었어."

대충 작성한 경비 정산서를 보면 화가 난다. 계산이 틀린 부분을 고치는 수고가 귀찮다기보다 경리는 어차피 허드렛일이야, 자질구레한 부분을 고치는 게 너희 일이잖아, 라는 다른 과 사람들의 생각이 빤히 들여다보이기 때문이다. 니는 동기라서 말하기가 쉬웠다. 그리고 정말 대충 작성했기 때문에 영업과에 전표를 가지러 간 김에 니에게 말하기로 한 것뿐이다. 내 말을 들은 니는 발끈했었다.

"명세서에 누구를 접대했는지, 몇 월 며칠인지, 왜 택시를 이용했는지 아무것도 쓰여 있지 않고, 늦게 제출한 데다 글자가 엉망이라 읽을 수가 없다는 얘길 들었잖아. 그때 나는 큰 프로젝트를 맡는 바람에 그 생각으로 머리가 가득 차 경비 정산까지 신경 쓸 여력이 없었거든. 그래서 아무리 동기라지만 경리과 여자에게 이렇게까지 혼날 이유가 있나 잠깐화가 났었어. 지금 생각하면 제대로 작성하지 않은 나 자신이 부끄러워서 화풀이를 했을 뿐이었지만 말이야."

니는 어색한 듯이 굵은 손가락으로 머리를 긁적였다.

"하지만 다음에 에토 씨가 영업과에 왔을 때, 에토 씨 유니폼 블라우스 가슴께에 빨간색 포스트잇이 붙어 있는 걸 발견하고 눈을 뗄 수가 없었어. 에토 씨는 그 사실을 모른 채 차장님과 이야기하고 있었고, 차장님도 눈치 채지 못했지. 에토 씨는 그대로 경리과로 내려갔어. 그날부터 왠지 에토 씨가 신경 쓰이기 시작했지."

빨간 포스트잇이라면 대체전표를 정리할 때 사용하는 포스트잇이다. 9월 결산이 다가오고 있었던지라 바빠서 가슴에 뭐가 붙어 있는지 알아챌 겨를이 없었다.

나에게 니에 대한 기억은, 정산서를 가져온 그가 책상에 앉은 나에게 말을 걸면서 몸을 숙였을 때 그의 넥타이 끝이 아래로 늘어져 내 뺨에 닿은 적이 있었는데, 그게 너무 싫었던 것밖에 없다.

가라오케를 나온 후에도 소고기 덮밥집을 필두로 밤새 니에게 끌려다녔다. 그 사이 그는 내내 뭔가 말하고 싶은 게 있는 것처럼 보였고, 나는 죽을 만큼 답답한 채로 날이 밝았

다. 그리고 도토루(ドトール) 커피숍에서 아침 일곱 시에, 커피 냄새가 나는 숨결과 함께 간신히 고백을 받았다.

"아직 두 번밖에 만나지 않았는데 갑자기 이런 말을 꺼내서 놀랄지도 모르지만, 내 마음은 변하지 않을 테니 지금 말할게. 에토 씨, 괜찮으면 나랑 사귀자."

그날은 난생처음 남자에게 고백을 받을 것 같은 느낌이 든 날이었고, 나도 솔직히 그 순간을 엄청 기대했었다. 그래서 불평 하나 없이 밤새 그와 함께한 것인데, 아무래도 도토루에 들어온 시점부터 녹초가 된 나는 고백을 들었을 때 기쁘다기보다 이제야 끝났다는 기분이 앞섰다. 졸음을 쫓기 위해 마신 철야용 커피가 위벽에 검게 눌어붙어 있는 느낌이었다.

"고마워. 차근차근 생각해 볼게."

"물론이지. 천천히 생각해 봐."

겨우 말할 수 있어서 안심한 건지, 니 역시 갑자기 피곤한 기색으로, 하지만 안심한 표정을 지으며 눈을 감고 소파 등받이에 깊숙이 몸을 기댔다.

나에게는 이치에 관한 소중한 추억이 하나 더 있다. 가령 그건 처음 고백을 받은 장소가 아침 시간의 도토루로, 출근 전 샐러리맨에 둘러싸여 있던 것이 마음에 들지 않는다든가, 사귀자는 고백에 "좋아해"라는 말이 들어가지 않아 실망한 나머지 펌프스를 신은 채 현관에 쭈그려 앉을 때 떠올리는, 소중한 추억이다.

중학교 2학년 운동회 폐회식. 운동장 한쪽 구석에서는 학교의 상징인 녹나무 잎사귀가 바람에 날리며 흔들리고 있었다. 운동장에는 발자국투성이의 흰색 릴레이 라인, 학부모들이 돌아간 후에도 그대로 남아 있는 관람석의 긴 의자와 보호자석의 하얀 천막, 여전히 매달려 있는 만국기. 반별로 학생들은 무릎을 양팔로 감싸 안은 자세로 줄지어 땅바닥에 앉아 구령대에 선 교장 선생님의 마지막 말을 듣고 있었다. 학교 건물 1층의 창문 철망 너머로 방송위원들이 일하고 있는 모습이 보였다. 방송실 창문 위에 설치된 스피커에서 마이크를 거친 교장 선생님 목소리가 들리고, 때때로 끼잉, 하고 울리는 소리가 났다. 운동회에서 힘을 다 쏟은 학생들은 앉은 채로 졸 만큼 지쳐 있었다.

교장 선생님의 인사가 끝나고 스피커에서 국가가 흘러나

오면서 응원단 남자아이가 국기봉 끝에 달린 일본 국기를 천천히 내릴 때도, 학생들은 멍하니 깃발을 보고 있었다. 푸르름이 옅어지며 석양으로 바뀌기 직전인 하늘을 배경으로, 펄럭이는 히노마루(日の丸) 국기가 천천히 내려갔다.

누군가가 어깨를 두드려서 뒤를 돌아보니 거기 이치가 있었다.

심장이 멈추는 줄 알았다. 그가 어디에 있는지 항상 체크하던 나였지만, 그때는 피곤했던 탓에 무방비 상태였다. 줄을 맞춰 서다 보니 바로 뒤에 이치가 있다는 것을 눈치 채지 못했다. 기분 탓이야. 이치가 내 어깨를 두드렸을 리가 없어. 누군가가 놀리고 있을 뿐이야. 하지만 이치 말고는 모두 내가 뒤돌아본 건 신경도 쓰지 않고 깃발을 바라보고 있었다.

어색하게 다시 깃발 쪽으로 고개를 돌리자, 이번에는 이치가 내 체육복 소매를 잡아당겼다. 내가 각오하고 뒤를 돌아보자 이치는 토라진 듯 고개를 숙이고 있었다.

"왜?"

"이쪽을 봐."

이치의 낮은 목소리. 모래와 땀이 뭉친 건지 알 수 없는 하얗고 보슬보슬한 알갱이 몇 개를 이마에 붙인 채, 파란 머리띠 아래로 이치가 나를 응시하고 있었다.

"나를 봐."

어떻게 된 거야? 외로운 거니? 깃발이 국기봉 맨 밑으로 내려갈 때까지 나는 내내 이치를 응시하고 있었고, 영원히 계속될 것 같은 그 길고 짧은 시간 동안 가슴에는 울고 싶은 마음이 차올랐다. 자기를 바라보는 게 당연하다는 듯이 내 시선을 받고 완전히 안심한 이치는 시선을 아래로 숙인 채 손으로 지면의 모래를 어루만지고 있었다. 국가가 끝나고 음악이 '반딧불의 빛(스코틀랜드 민요인 '올드랭사인Auld Lang Syne'에 노랫말을 붙인 것으로, 피날레를 장식할 때, 특히 졸업식 때 단골로 등장하는 노래—옮긴이)'으로 바뀌자 이치는 다른 남학생들과 이야기를 시작했고, 나는 다시 앞으로 고개를 돌렸지만 여전히 가슴이 두근거렸다.

지금도 나는 그에게서 그 말을 들을 수 있었던 건 그때까지 꾹 참고 그를 직접 보지 않은 성과라고 생각한다. 우리 반의 스타로 친구들의 시선을 독차지했던 그는 나만이 자신에게 시선을 주지 않는 게 불만이었던 것이다. 이 얼마나 이

기적인가. 역시 왕자님답다. 그 폐회식이 없었다면 나도 이렇게까지 집요하게 이치를 기억하지 않았을지도 모른다. 우리는 거의 이야기를 나눈 적이 없었지만, 바로 그 순간이 있었기 때문에 내 무의식의 차원에서는 우리가 이어져 있다고 믿게 되었다. 말라붙은 땀으로 까칠해진 얼굴, 우리 반 컬러였던 파란색 머리띠의 후줄근한 *끄트*머리, 넘어진 무릎에는 빨갛고 애처로운 찰과상의 흔적이 있었다. 그리고 고개를 숙인 채 모래를 어루만지던 이치의 드리워진 속눈썹.

4

어른이 된 이치와 만나기로 결심한 것은 할로겐 히터 때
문에 이불에 불이 붙어 죽을 뻔했을 때였다. 11월 중순, 조
금 이른 회사 망년회를 마치고 귀가한 뒤 잔뜩 취해 화장도
지우지 않은 채 이불을 깔고 누웠는데, 한밤중에 일어나니
방이 새하얀 연기로 가득했다. 오렌지색 할로겐 히터의 열
원에 이불 한 귀퉁이가 덮여 있었다. 검게 타들어 간 이불에
서는 연기가 나고 있고, 이상하게도 냉정해진 나는 잠옷 소
매로 불을 두드려 끄고 히터의 전원을 껐다. 그리고 아직 술
이 덜 깼는지, 기분 좋게 자는데 잠에서 깼다는 사실에만 화
가 나서 탄내가 나는 이불을 뒤집어쓰고 다시 잠이 들고 말

왔다.

　얼굴이 창백해진 건 새벽에 벌떡 일어난 후였다. 불은 다시 붙지 않았지만 방은 여전히 연기로 가득 차 있었다. 창문을 열고 새카맣게 타 버린 이불 커버를 벗기자 이불 속 폭신한 오리털에 불이 붙기 직전이었다. 만약에 오리털에 불이 붙었다면 불길은 세차게 번졌을 테고, 전기담요 뺨치는 따끈따끈한 이불 아래 나는 영원한 잠에 빠졌을 것이다.

　장시간 연기에 훈연되면서 수면을 취한 덕분에 감고 있던 눈이 새빨갛게 충혈돼, 출근하기 위해 콘택트렌즈를 꼈더니 쓰라려 눈물이 났다. 인터넷으로 이불이 탔을 때 대처법을 찾아보니, 겉으로는 불이 꺼진 것처럼 보여도 안에 불씨가 남아 있을 가능성이 있으니 이불을 욕조에 담그라고 되어 있었다. 허둥지둥 욕조에 물을 받은 나는 마치 아기를 익사시키듯이 부드러운 이불의 목덜미를 잡아 차가운 물속으로 밀어 넣었다.

　지극히 평범한 일상 속에서 죽을 뻔한 순간이었다. 해외의 이상한 곳에 발을 들이민 것도 아니고, 스카이다이빙을 한 것도 아니고, 순전히 나 자신의 부주의 때문에 말이다.

생각해 보면, 지금까지 무사히 살아오긴 했지만 세상은 위험천만한 곳이다. 자동차와 전철이 바로 옆에서 달리고 있고, 누가 뭘 떨어뜨릴지 알 수 없는 고층 빌딩 아래를 걸어 다닌다. 미친 사람이 섞여 있어도 이상할 게 없는 혼잡한 인파 속을, 곧장 도망칠 수도 없는 하이힐과 스커트 차림으로 걷고 있다. 지금까지 무사할 수 있었던 게 기적일 정도다. 무엇보다 자주 깜박하고 멍해지는 타입인 내가 이 몸의 주인으로 있는 한, 내 잘못으로 언제 살해당할지 알 수 없는 노릇이다. 그러니 하고 싶은 건 살아 있을 때 빨리 해 두는 게 좋아. 지금 죽으면 후회할 일이 뭘까? 이치를 만나지 않은 것. 나는 한 번 더 이치를 만나고 싶어.

회사 컴퓨터로 중학교 2학년 때 같은 반이었던 여자 친구의 이름을 사칭해서 소셜 사이트에 가입했다. 니가 나를 만나기 위해 교류회를 열었던 것처럼, 나도 중학교 2학년 동창회를 열어 이치를 만나면 된다. 이용자 수가 많은 소셜 사이트는 동급생을 모으는 데 최적으로, 예전 PC 주소로 가입한 내 계정 말고도 휴대폰 주소로 다른 계정을 만들 수 있었다. 졸업한 중학교 커뮤니티를 이용해서 예전 2-B반 동급생들에게 동창회를 열자는 문자를 닥치는 대로 보냈다. 내 이름이 아니라 사이트에 등록하지 않은 해외 유학 중인 여자 동창의 이름을 사칭한 것은, 이 또한 니와 마찬가지로 주모자가 나라는 사실이 알려지면 이치에게 접근했을 때 그 의도가 탄로 날 수 있기 때문이었다.

'미국에서 돌아왔는데 오랜만에 다들 보고 싶네요! 우리 중학교 바로 앞에 있는 술집에서 동창회를 열까 합니다. 연락처를 아는 동급생이 있으면 그들에게도 이 소식을 전달해주세요.'

잇달아 답장이 오고, 도쿄로 상경했거나 전근한 친구들이 고향에 돌아오는 새해 1월 2일에 동창회를 열자고까지 이야기가 진행됐다. 하지만 가장 중요한 이치가 소셜 사이트를 하지 않고, 그와 친했던 남자아이도 이치의 연락처를 몰랐다. 의외로 친구가 적은 이치. 마지막 수단으로 졸업 앨범 마지막 페이지에 실린 학생 연락처 일람에서 이치의 전화번호를 찾아 전화를 거니 이치의 어머니가 받으셨다. 동급생 이름을 사칭해 동창회에 대해 이야기하니 지금 아들은 도쿄에서 일하고 있다고 말씀하셨다.

이치도 나처럼 도쿄에 상경해 있었던 것이다. 이사해 혼자 살기 시작하면서 지금은 멀리 있다고 생각했던 이치가 같은 도내에서 생활하고 있었다니. 이치의 어머니께 반 친구들이 대부분 참석하니 이치도 꼭 왔으면 좋겠다고, 모임 날짜와 장소를 전해 달라고 부탁했다.

이치의 어머니께 전화를 건 김에 우리 엄마에게도 전화를 했다. 엄마와는 입사한 후에도 거의 일주일에 한 번 정도 연락하고 있는데, 아직까지도 뭐든지 이야기하는 사이다. 요즘은 친구 같은 모녀 관계가 유행이지만, 학창 시절 친구가 별로 많지 않던 나에게 엄마는 친구 대신이랄까, 엄마 겸 여자 친구 같은 존재다. 슈퍼마켓 계산대에서 파트타임으로 일하느라 매일같이 바쁘지만 엄마는 밤에는 내 전화를 받아 준다.

"아, 엄마, 잘 지내지? 나 설날에 집에 가기로 했어. 중학교 동창회가 있거든."

"오호, 중학교 동창회라니 반가운 소식이구나."

"좋은 기획이지? 내 첫사랑도 오는데, 엄마는 어떻게 생각해? 몇 년 만에 다시 만나서 그 옛날 풋풋한 연정이 결실을 맺는 그런 일이 가능할 것 같아?"

"글쎄, 엄마 생각에는 그런 낮은 가능성을 기대하기보다 새로 만난 사람이랑 잘해 보는 게 쉬울 것 같은데."

"그야 쉬울 수는 있어도 낭만이 없잖아."

"낭만이라…… 그리고 보니 건넛집 딸이 결혼했어. 그 왜, 항상 피아노 연습을 하던 개 있잖아, 너보다 한 살 어린. 너도 뭐 좋은 소식 없니?"

"있어, 회사 동료가 나한테 고백을 했거든. 하지만 난 낭만을……."

"고백했다고? 그래서 어떻게 할 건데?"

"하긴 뭘 해?"

"아깝잖니. 두 번 다시 없을 기회일지도 모르는데."

"엄마, 엄마는 내가 도대체 얼마나 인기가 없다고 생각하는 거야?"

"인기가 있니?"

"아니."

"도대체가 넌, 언제까지 학생처럼 그러고 있을 생각이니? 아빠랑도 이야기를 좀 해 보렴."

엄마의 목소리가 멀어지면서 같이 거실에 있는 아빠에게 말을 거는 듯한 목소리가 조그맣게 들렸다.

"기다려, 아빠 바꿔 줄게."

"앗, 됐어."

아빠는 원래 말이 없는 타입이다. 게다가 전화를 할 때는 표정도 보이지 않고 시간을 때울 수도 없어서 거의 대화가 되지 않는다. 나는 서둘러 전화를 끊어 버렸다.

동창회 당일, 사칭한 여자 동창 이름으로 소셜 사이트에 들어가 동급생들에게 감기 때문에 동창회에 갈 수 없게 됐다고 일제히 문자를 보낸 뒤 술집으로 향했다. 언젠가 그 아이가 유학을 마치고 돌아와 자기가 주최한 동창회에 대해 알게 되면 깜짝 놀라겠지. 일본에 돌아올 것까지도 없다. 인터넷에 접속하다가 어떤 형태로든 알게 될지도 모른다. 하지만 그녀의 이름으로 만든 여러 개의 계정은 용무를 마친 뒤 바로 없앴고, 사칭한 사람이 나라는 사실은 들키지 않을 것이다.

주최자 겸 간사가 부재중인 상태로 시작된 동창회지만, 반가움이 어리둥절함을 날려 버렸다. 먼저 온 아이들이 손을 맞잡고 재회를 기뻐하는 동안, 나는 새로운 사람이 올 때마다 열리는 장지문만 내내 응시하고 있었다. 도쿄로 상경했다면 새해에도 일이 바쁘거나 해서 집에 오지 않는 경우도 많다. 이치는 과연 올 것인가, 오지 않을 것인가.

장지문이 열렸다. 키가 크고 마른 남자가 머리를 쑥 들이밀며 방으로 들어왔을 때, 그가 이치라는 사실을 물론 나는 제일 먼저 알아챘다.

"어이, 이치. 오랜만이야, 잘 지냈어?"

한 남자애의 목소리로 이치라는 사실이 판명되자 모두가와, 하고 흥분했다. 항상 이치에게 치근대던 남자애 하나가 곧장 그에게 다가가 예전처럼 장난을 치며 그의 어깨에 팔을 둘렀을 때, 나는 눈물을 쏟지 않도록 조심하느라 정신이 없었다.

아아 이치, 키가 많이 자랐구나. 깡마른 체구에 기골은 장대하고 손발이 길어. 왠지 엄청 어른스러워진 것 같아. 하지만 웃으면 눈꼬리가 처지면서 양지바른 곳 나무 사이로 비치는 햇살처럼 주위를 따뜻하고 밝게 만드는 건 예전이랑 똑같네. 머리카락은…… 아아, 어렸을 때부터 머리카락이 좀 너무 바슬거리긴 했지, 하지만 그 덧없는 정수리도 운치가 있어서 난 좋아. 남자 친구들이 치근대며 괴롭히고 있지만, 옛날처럼 겁먹은 느낌은 없어. 다 컸구나, 이치.

이치는 당연하다는 듯이 내게서 가장 멀리 떨어진 자리에 앉았다. 역시 우리의 운명의 실은 전혀 얽혀 있지 않군. 실망을 넘어, 왠지 묘하게 납득이 갔다. 그와는 원래 인연이 멀다고 할까, 아니, 멀고 자시고 할 것도 없다. 중학교 2학년 때 같은 반이 된 것을 마지막으로 그와의 인연은 뚝 끊겼다. 하지만 내가 무리하게 인연의 실을 끌어당긴 덕분에 어른이 된 이치의 얼굴도 알 수 있었다. 과장되게 들리겠지만, 노력 여하에 따라 정말 운명을 바꿀 수도 있는 것이다.

건배가 끝났다. 나는 이치와 같은 공간에 있으면서도 자리가 너무 먼 탓에 그와 한마디도 할 수가 없었다. 그렇다고 분위기가 무르익으면서 자리 이동이 시작되면 나와 이치가 이야기를 나눌 수 있느냐? 그럴 확률은 낮다. 이치에게 가까이 갈 수 있어도 그와 나 사이에는 쌓인 이야기가 전혀 없기 때문이다. 아무리 내가 그를 그리워했다고 한들, 지금으로부터 12년 전 중학교 2학년 시절, 1년 내내 매일 같은 교실에서 수업을 들었는데도 그와 이야기한 적은 세 번뿐이었다는 것이 현실이었다.

"대단한데, 기무라(木村). 일류 기업 본사에 다 근무하고."

"그럼 도쿄에 사는 거야?"

"응, 하쓰다이(初台)에 살아."

힐끗거리면서 이치를 시야 가장자리로 보고 있던 내 귀에 같은 테이블에 앉은 두 사람의 대화가 날아들었다. 일부 상장기업에 취직해 도쿄 본사에 근무하고 있다는 통통한 동급생 기무라 군이 땀을 닦으면서 기쁜 표정을 짓고 있었다. 이거다, 나와 이치의 공통점. 상경.

"기무라 군, 나도 도쿄에서 근무해." 내가 갑자기 화제에 끼어들자 모두가 나를 쳐다봤다.

"오호, 어디쯤 있는 회산데?" 기무라 군이 걸려들었다.

"이케부쿠로." 나는 갑자기 벌떡 일어나서 자리를 둘러보았다.

"또 상경한 사람 있으면 손 들어!"

나의 커다란 목소리에 자리는 일순 쥐 죽은 듯이 조용해졌다. 아뿔싸, 내가 너무 서둘렀나.

그때 나와 가장 멀리 떨어진 자리에서 천천히 손이 올라왔다. 아무 말 없이 오른손을 얼굴 근처까지 들어 올린 이치가 이쪽을 향해 고개를 갸웃거렸다. 반에서 가장 귀여운 여자아이 같은 몸짓이었다. 모공이란 모공은 죄다 열리고 발끝에서부터 시작된 떨림이 정수리 꼭대기까지 올라갔다 빠져나갔다.

"이쪽으로 와, 다 같이 이야기하자."

그밖에도 히라타(平田)라는 여자애가 가와사키(川崎)에 산다고 했다. 나는 다소 강제적으로 상경한 친구들을 기무라 군 주위로 집합시켰다.

나만 느끼는 걸지도 모르지만, 우리 테이블로 끌려와 구석 자리에 앉은 이치는 기무라 군에게는 없는 아름다운 분위기를 뿜어내고 있었다. 어른스럽고 상냥한 분위기. 기무라 군이 끝도 없이 떠들고 있는 데 비해, 이치는 방긋방긋 웃으며 고개를 끄덕이고만 있었다. 그런데도 존재감이 있다. 술이 들어가면서 모두가 스스럼없는 태도를 보여도 이치만은 언제까지나 차분한 모습 그대로였다.

"모처럼 다 간토(関東) 지역에 있으니 이 멤버끼리 또 모이지 않을래?"

"좋은 생각이네. 괜찮으면 우리 맨션에 놀러 와. 가끔 회사 사람들이랑 모여서 전골을 먹기도 하거든."

귓불이 크고 눈이 가느다란 보살형 얼굴의 기무라 군, 내 눈에는 기무라 군이 진짜 부처님처럼 보였다.

"우와, 가고 싶다. 어떤 맨션이야?" 히라타 씨가 적극적으로 물었다.

"쓸데없이 높은 층에 있어. 엘리베이터를 오래 타는 건 불편하지만 그만큼 경치는 좋으니까."

"나도 꼭 가고 싶어. 엄청 재밌을 것 같아. 고마워, 기무라 군."

이치도 오는 거지? 안 오면 안 돼, 라고 자신의 리사이틀에 사람을 모으려고 하는 퉁퉁이(ジャイアン, 만화 〈도라에몽〉의 등장인물로 가수가 되는 것이 꿈인 캐릭터—옮긴이)처럼 소리치고 싶었지만, 떨리는 손으로 카시스 사워(위스키·브랜디·소주에 레몬이나 라임 주스를 넣어 신맛을 낸 칵테일—옮긴이)를 들어 올려 꿀꺽 삼킴으로써 이를 간신히 억눌렀다. 나는 카시스도 안 좋아하고 사워도 안 좋아하는데, 도대체 누가 카시

스 사워 같은 걸 주문한 거야? 바로 나다. 주문할 때 기분이 들떠 눈에 띈 걸 아무 생각 없이 시킨 탓에, 좋아하지도 않는 자주색 술을 다 마셔 버려야 했다.

"이치노미야는 어때? 주말에 우리 집은 언제든 괜찮은데."

"재밌겠다. 하지만 요즘 주말에 출근할 때가 많아서 난 너희들이랑 스케줄이 안 맞을 수도 있어. 아직 어떻게 될지 알 수 없으니 일단 너희끼리 날짜를 정해. 만약에 운이 좋아서 그날 갈 수 있게 되면 갈게."

이치는 유연하고 부드러운 목소리로 에둘러 초대를 거절했다. 어떤 모임이든 갈 수 있으면 갈 테니까 날짜만 알려줘, 라고 말한 인간이 모임에 온 예가 없다. 대단히 매력적인 모임이라서 가능하면 가고 싶었다는 태도를 보이기 위한, 그저 의례적인 인사다. 이치, 왜 그러는 거야? 반가운 친구들이랑, 특히 나랑 오늘 한 번밖에 만나지 못해도 상관없는 거야? 그러고 보니 이 모임을 별로 즐기고 있지 않구나. 왠지 흥이 식었네. 하지만 이치, 난 너의 그런 면도 좋아.

"에이, 네 명밖에 없는데 이치노미야 군이 빠지면 재미없잖아. 세 명만 모여서 뭐 해?"

히라타 씨가 유감스러운 듯이 이렇게 말하고, 자기 집을 내준다고까지 한 기무라 군은 가엽게도 당황해서 그, 그래? 라고 하고 있었다. 이치, 이 싸늘해지는 분위기를 좀 봐. 이제 남은 건 그의 죄책감에 호소하는 것뿐. 나는 아무 말도 하지 않았지만, 유감스러운 듯이 고개를 숙여 보였다.

"아니 난 그게 아니라, 그저 바빠서 비는 날이 많지 않으니까 모두가 나에게 시간을 맞추는 게 미안했을 뿐이야. 그럼 기무라, 내가 시간이 되는 날을 알려 줘도 될까? 가능한 날짜가 적어질 것 같은데 괜찮아?"

괜찮아! 우리 모두 너에게 맞출 테니까! 괜찮지, 기무라 군? 청소 확실히 해 둘 거지? 히라타 씨는 무리해서 올 거면 안 와도 돼.

동창회가 끝나고 집으로 돌아가는 길. 나도 모르게 흐뭇한 표정을 지을 만큼 수확은 컸다. 이치와 만난 데다가, 다음에 같이 놀 약속까지 하다니! 변함없는 이치의 상큼한 매력, 그 섬세함. 옛날에 비해 패기는 사라졌다. 중학생 시절의 민첩해 보였던, 금방 달아날 것 같던 활기찬 매력은 사라지고, 같은 학년으로는 보이지 않을 만큼 차분하고 담백한, 눈에 띄지 않는 사람이 되어 있었다. 하지만 늙은 게 아니다. 솜털이 보송한, 아름다운 녹황색을 띤 봄날의 어린잎이 여름이 되면서 짙은 녹색의 단단한 잎사귀로 변하는 것과 비슷한 변화였다. 어른이 된 것이다. 다 같이 즐겁게 마시면서 이야기하고 있지만 술은 자기가 정한 만큼만 마시는 모습, 안주도 함부로 입으로 가져가지 않는 모습이 게걸스럽지 않아서 좋았다. 웃으면 전등 불빛을 받아 반짝반짝 빛나는, 검은 눈동자가 크고 부리부리한 눈. 긴 속눈썹을 내리깐 채 잘 정리된 지갑 속에서 회비만큼 지폐를 꺼내는 조용한 몸짓. 모든 것이 하나도 빠짐없이 예상했던 그대로다. 어쨌든 이치라면 다 오케이였던, 중학교 시절부터 사랑했던 그 모습에는 전혀 변함이 없다. 어른이 되어 살짝 피로해 보이는 이치는 저녁놀처럼 따뜻했다. 나는 이치의 형상이 좋아, 차분한 분위기와 키가 자라도 변함없는 저 뾰족한 어깨와 턱선이 좋아.

5

"정신이 딴 데 팔려 있네."

돌아가는 택시에서 옆에 앉은 니가 거리를 좁혀 왔다. 니에게서는 수프 계열의 체취, 비행기에서 나오는 기름이 둥둥 뜬 콘소메 수프 같은 냄새가 난다. 항상 국물 맛이 확실하다. 전생에 오뎅 건더기였을지도 모른다. 배가 고프면 마음에 들 수도 있지만, 적어도 안기고 싶다는 생각은 들지 않는다. 상대방의 체취를 좋아할 수 있을지 없을지는 유전자 차원의 궁합 문제로, 자기와 유전자가 동떨어진 상대와의 사이에서 튼튼한 아이가 태어난다고 한다. 아이 운운하는 건 그만두자. 아마 니는 체취가 강하지 않은 편일 것이다.

그런데도 내가 그의 희미한 냄새조차 힘들어 한다는 것은 역시 궁합이 나쁘다는 증거일지도 모른다. 유전자가 가까울수록, 예를 들어 가족의 냄새일수록 싫어진다고 하는데, 그렇다면 나와 니의 유전자 형태가 가까운 걸까? 그렇게 생각하니 그런 것 같기도 하다. 나와 니는 서로 별로 맞지 않지만, 이치와 나보다는 어딘가 훨씬 가깝다.

내 시야는 정말 정직하다. 옆에 앉은 니를 바라보는데, 이치와 재회한 후에는 그전보다 더욱더 니가 어떻게 되든 상관없어져서 그의 얼굴이 30퍼센트는 더 허접해 보인다. 잘도 움직이는 니의 입이 신축성 좋은 고무줄 정도로밖에 보이지 않는다.

"오늘 내내 다른 생각하고 있었지? 무슨 일 있어?"

"아무것도 아니야."

"저기, 이제 내 고백에 대한 대답을 들을 때가 된 것 같은데? 그 이후로 벌써 시간이 꽤 지났어."

"미안, 아직 마음을 정하지 못했어."

니는 무의식중에 그런 것처럼 훗, 하고 웃으며 택시 좌석 등받이에 상체를 깊숙이 묻었다.

"왜?"

"아니, 더 좋아하는 사람이 약자구나 싶어서."

이게 무슨 소리람. 내가 유리하고 자기는 불리하다는 건가? 저쪽에 걸어가던 여자를 자기 맘대로 좋아해서 자기 맘대로 쫓아오고 있을 뿐이면서, 약자 운운하며 피해자 코스프레라니. 마치 내가 자기를 멋대로 휘두르고 있다는 듯한, 나에게 책임을 전가하는 매우 적절한 표현이다. 빈 상자를 들고 끈질기게 따라다니면서 꽃을 던져 주지 않으면 알 수 있다고, 상자를 든 사람이 약자라고 중얼거리는 것과 비슷하다.

"거짓말을 하는 게 싫어서 솔직하게 말하겠는데, 난 에토 씨가 나를 어떻게 생각하는지 대충 알 수 있어. 사귈 만큼 좋아하는 건 아니라고 생각하지? 그렇다면 더더욱 빨리 말해 줘. 이게 내 솔직한 마음이야."

솔직한 것은 좋지만 전혀 매력이 없다. 사랑을 하자마자 솔직해져서 매력이 사라졌다. 남의 일이라고는 하지만 불쌍할 정도로 손해를 보는 체질이다. 본인은 자기를 솔직하다고 생각해도, 남들 눈에는 애정이 깊은 사람이라기보다 그저 욕심이 많은 사람으로 보인다. 왜냐하면 좋아하는 사람에게 솔직하고 싶다는 마음도 그저 욕망의 하나일 뿐이니까.

니가 혹시 나에게 완전히 무관심해진다면 얼마나 멋질 것인가. 택시 구석 자리에 앉은 니가 내 존재마저 잊은 채 창밖을 바라보며 생각에 잠겨 있다면, 나는 그의 옆모습을 지그시 바라볼 수 있을 텐데. 내내 나를 좋아한다고 했던 그가 갑자기 냉정해지면, 애달파진 내가 그를 좋아하게 될 수도 있다. 밀당 같은 테크닉이 아니라, 진심으로 니가 나에게 정이 떨어졌으면 좋겠다. 회사에서 만나 내가 말을 걸어도 관심 없는 눈동자로 무덤덤한 대답만 하게 된다면, 차가운 대리석 위에 드러누웠을 때 돌의 표면으로 내 체온이 살짝 옮겨가듯이, 나는 니를 좋아하게 될지도 모른다. 지금 나는 가만히 있어도 숨이 막히는 니에게 있을까 말까 한 열마저 빼앗겨, 마음속으로 그에게 계속 딴지를 걸고 있다. 니에 대한 애정이 자랄 가능성은 메마르고 차가운, 보슬거리는 토양에만 있건만.

하지만 내가 지금의 니처럼 이치에게 솔직하고 열정적으로 대했을 때, 이치가 지금의 나와 같은 생각으로 나를 경원시한다면? 슬퍼서 미칠 것 같은 나는 블라우스 단추를 잡아 뜯으며 화를 낼 것이다. 웃기지 마, 왜 그런 잔인한 말을 하는 거야? 사랑의 불길이 고귀한 건 화력을 조절할 수 없기 때문이라고. 연신 삿대질을 해대며 이치에게 잔소리하면서도, 마음 한구석에서는 이런 괴로운 잔소리를 하는 나도 포함해서 내 모든 걸 사랑해 줬으면 하는 안이한 생각을 할 것이다. 사랑하면서 사랑 받는다는 건 자유롭지 못한 상황이다. 양쪽의 마음을 다 알 수 있기 때문에 안타까운 나머지 옴짝달싹할 수 없게 된다.

니가 다소 거친 숨소리를 내면서 내 어깨에 기대 왔다. 어깨에서 반쯤 튀어나온 니의 정수리 쪽 직모가 내 목을 찌른다. 어째서 내가 나보다 훨씬 큰 남자에게 어깨를 빌려줘야 하는 거지? 보통 반대잖아. 니가 검지로 내 옆구리를 푹 찔렀다.

"그만 좀 해. 너무 취했어. 찌르지 말라니까."

"으응~ 어떠냐니까? 대답해 줘."

옹석 어린 목소리의 니가 이번에는 손을 새 부리 모양으로 만들어 옆구리를 야금야금 꼬집었다. 장난치는 모양새가 죄다 성가시다. 남자가 애교를 부려 봤자 곤혹스러울 뿐. 적어도 택시 운전사가 없는 곳에서 하든지.

억지로 떼어 놓자 본격적으로 삐진 니는 자기 자리로 돌아가더니 창밖을 응시한 채 아무 말도 하지 않았다.

오늘은 퇴근길에 둘이서 이케부쿠로를 돌아다니다 어느새 오토메로드(乙女ロ_ド) 주변을 걷게 되었다. 현역 오타쿠였을 때 나의 성지였던 곳이 그리워, 나는 애니메이트(アニメイト)에 들어가고 싶었다. 하지만 니는 들어가자마자 안절부절못하더니, 내가 노리던 만화 코너에 도착할 즈음에는 이미 출구 바로 옆 벽과 한 몸이 되어 있었다. 클럽 때도 그랬지만, 그는 흥미가 없는 장소에 가면 그 순간 돌아나가고 싶은 것처럼 군다. 자신이 흥미를 느끼는 것에 상대방이 흥미를 보였을 때 기뻐하는 사람의 심리를 전혀 이해하지 못한다.

나는 만화가 있는 1층에서 캐릭터 상품이 있는 6층까지, 구석구석 훑듯이 구경을 하고 싶었다. 혼자 있을 때 보라고 하면 그만이지만, 딱히 바쁜 게 아닐 때는 같이 다녀 줘도 좋잖아.

나는 벽에 붙은 최신 애니메이션 포스터를 바라보며, 요즘 애니메이션은 도대체가 엉망이라고 노인네처럼 분개했다. 모름지기 포스터는 작품 속과는 다른, 다양한 장소에 붙을 가능성을 품은 일종의 공개된 장소라고 할 수 있다. 그런데 요즘 캐릭터는, 가령 제복 차림의 여자가 무시무시한 표정으로 장승처럼 버티고 서 있는데 스커트는 말려 올라가 있는 식이다. 여러 캐릭터가 한꺼번에 담긴 단체 사진에는 부끄러워서 볼이 빨개진 아이, 땀을 주룩주룩 흘리면서 초조해 하는 아이, 딴생각을 하며 넋을 놓고 있는 아이 등이 뒤섞여 있다. 내가 한창 좋아하던 시절의 애니메이션 캐릭터는 본편에서 다양한 표정을 보여줘도, 속표지 그림이나 포스터에서는 야무진 표정을 보여줄 뿐, 복잡해 보이는 내면은 보여 주지 않았다. 하지만 요즘은 포스터를 보기만 해도 지기 싫어한다든가 천진난만하다는 성격을 바로 알 수 있도록, 포스터에 빨개진 얼굴이나 안경, 체격 같은 힌트가 담겨 있다. 난 그 서비스 정신이 영 재미가 없다. 공개된 장소(포스터)에서는 옷매무새도 가지런히 하고 진지한 표정이나 미소 정도는 지을 수 있는, 그 정도의 지성은 갖춘 캐릭

71

터가 나오는 애니메이션을 보고 싶다.

"의외네. 저런 걸 좋아해? 나도 어렸을 때 《소년 점프》를 읽긴 했는데."

쓴웃음을 짓는 니가 일전에 나를 데려간 데이트 장소는 입김마저 새하얀 극한의 계곡이었다. 아웃도어라고 하면 듣기에는 좋을지 모르지만, 그곳에서 하는 낚시는 거의 수행에 가까웠다. 니가 물고기를 한 마리도 못 잡는 동안 나는 풀이 엉덩이를 쿡쿡 찌르는 대자연 속에서 볼일을 세 번이나 해결하며 반나절을 참았는데, 니는 나의 애니메이트를 10분도 참아 주지 않았다.

결실을 맺든 차이든, 고백만 하면 어떤 형태로든 결말이 날 거라고 생각했던 니는 언제까지고 남자답게 내 대답을 기다리겠다고 말은 했지만, 막상 기다리게 되니 초조해진 듯했다.

"난 이쯤에서 내릴게."

"아직 얘기가 안 끝났잖아."

내가 요금을 내려고 하자 니가 먼저 운전사에게 지폐를 내밀었다.

"겨우 1미터 왔는데 1만 엔짜리 지폐라니, 거슬러 줄 돈이 없어요. 혹시 잔돈 없으세요?"

"없는데 어쩌지. 손님을 상대로 장사하는 건 그쪽이니 알아서 준비해 둬야지."

혀가 꼬여 운전사를 향해 성난 목소리로 대답하는 니를 일단 차 밖으로 밀어내고 내가 돈을 냈다. 니는 끌끌 혀를 차며 택시에서 내렸다.

"난 이제 갈게."

"여기가 어디야? 난 어디로 가?"

니가 부루퉁한 얼굴로 택시라고는 도통 지나갈 것 같지 않은 우리 집 근처 주택가를 둘러봤다. 자기 집까지는 아직 한참 남았는데, 나를 따라 내린 니는 집으로 돌아갈 수 없게 되었다.

"우리 집에서 쉬었다 갈래?"

"됐어. 그러고 싶지 않잖아. 좀 만지기만 해도 뿌리칠 정도니까."

니는 취하면 눈이 멍해지면서 노골적으로 짜증을 낸다. 그래서 내가 맨 정신으로 그를 상대하기엔 귀찮기도 하고,

좀 무섭다.

"이도저도 아닌 채로 대답을 기다리는 게 얼마나 힘든지 알아? 아니면 아니라고 확실히 말해 주는 게 오히려 나아."

니는 얼굴을 일그러뜨리며 애절한 표정을 지었고, 내 양심의 가책은 점점 더 심해졌다. 대답을 재촉하면 나쁜 결과가 나올지도 몰라, 하지만 네가 무슨 생각을 하고 있는지 알고 싶어, 니는 그 사이에서 이러지도 저러지도 못한 채 괴로워하고 있는 것이다. 그가 이렇게까지 솔직하게 마음을 보여 주는데도, 나는 그에게 이치에 대한 이야기는 한마디도 하지 않았다. 전혀 마음을 열지 않았다. 니의 불안은 적중했다.

나는 아무 말도 하지 않았다. 그 모습을 본 니는 휘청거리는 발걸음으로 택시가 떠나간 골목을 향해 걷기 시작했다.

"사귀면 좋을 것 같은데. 그 사람, 일도 열심히 하고 성실할 것 같아. 무엇보다 요시카를 엄청 좋아하는 면이 바람직하지 않아?"

도시락을 다 먹은 구루미(来留美)가 휴게실 다다미 위에 편하게 앉으면서 말했다. 회사 동료인 구루미는 지금까지

상추나 부드러운 송아지 고기, 별의 조각만 먹었을 듯한 하얀 피부와 나긋나긋한 몸매의 소유자로, 속눈썹에 둘러싸인 커다란 눈을 천천히 깜박거린다. 수수한 경리과에서는 단연 돋보이는 존재로, 과의 유일한 동기인 나와 사이좋게 지내 줘서 나는 그것이 몹시 뿌듯했다.

"응, 좋은 사람이긴 한데, 역시 결혼은 제일 좋아하는 사람이랑 하고 싶단 말이야."

내 말에 구루미가 쓴웃음을 지었다.

"이치 군이라고 했었나? 이야기한 적도 없잖아. 정말 생각했던 거랑 똑같은 사람이야?"

"응, 그건 자신 있어. 중학교 때 정말 자세히 관찰했거든."

"어른이 되고 나서 변했을지도 몰라."

"변했겠지. 그래도 근본은 여전히 똑같을 거야. 일전에 동창회에서 만났을 때 보니까, 미소는 밝은데 다른 사람이랑 거리를 두는 모습이 중학교 시절 그대로였어."

"하지만 아무리 그 이치 군이라고 해도, 짝사랑 상대랑 다시 만날 수 있었을 뿐이지 사귀지도 않았는데 결혼까지 생각하는 건 너무 성급한 거 아냐?"

"그렇긴 한데, 아무래도 이 나이에 누군가와 사귄다면 커플이 되는 것만으로는 만족할 수 없는걸."

만약에 니와 결혼한다면 그 이후의 내 인생 같은 건 어떻게 되든 상관없을 것이다. 어떤 얼굴을 가진 아이가 태어나든, 무슨 이름을 지어 줄지, 그 아이가 앞으로 뭐가 될지 흥미를 가질 수가 없다. 소노코(園子)라고 이름을 붙이면 소노코로 키우고, 유타(雄太)라고 이름을 붙이면 유타로 키울 것이다. 이치와 결혼하면 그가 떠나가지 않을까 걱정이 돼서 틀림없이 매일 불안할 것이다. 좋아하는 사람과 결혼하고 싶지만, 너무 좋아하는 사람과는 결혼하지 않는 게 좋을 때도 있지 않을까?

"있지 구루미, 상대방이 원하는 대답을 하지 못할 것 같은데 계속 데이트를 하는 건 어장 관리 같고 못된 거 같아?"

"중요한 일이니까 천천히 결정하는 게 좋지 않아? 서두를 거 없어."

"구루미가 그렇게 말해 주니 안심이 된다."

구루미가 웃었다. 부드러울 것 같은 빨간 혓바닥 사이로 유백색 사탕이 보였다.

"그 남자, 첫 상대로도 딱 적당하지 않아?" 구루미가 목소리를 낮췄다. "열심히, 부드럽게 해 줄 것 같으니 말이야."

"만약에 하게 되면 조언 좀 해 줘. 그 녀석에게는 경험이 없다는 걸 들키고 싶지 않아."

"조언? 내가?" 구루미가 조용히 웃었다.

"이제 불 끈다~."

우리와 좀 떨어진 곳에서 도시락을 먹은 후 콤팩트를 열어 화장을 고치던 선배 여사원들이 우리를 향해 소리쳤다.

나와 구루미는 가까운 창문의 커튼을 치고 불이 꺼져 어두컴컴해진 방에서 눈을 감았다. 점심 식사를 마친 후에는 오후 업무를 위해 열 명 남짓 모인 여사원들이 휴게실에서 20분 정도 낮잠을 잔다. 유니폼을 입은 채 다다미에 머리카락을 펼치고 잠이 드는 우리는 스위치가 꺼진 잠자는 인형 같다.

이 나이까지 마지못해 지켜 온 것이 있다. 바로 정조다. 동년배 여자애들이 이미 아기를 낳아 자기 외의 부드러운 생물을 지키고 있을 때 이런 하찮은 걸 지켜야 하는 나 자신이 싫긴 하지만, 그렇다고 이제 와서 아무나와 해치우고 싶진 않다. 정조를 버리고 싶다고 좋아하지도 않는 사람과 하게 되면, 아마 당장은 아무렇지도 않겠지만, 점점 돌이킬 수 없을 만큼 후회하게 될 것이다. 혼자 중얼거리면서 잃어버린 정조를 찾으러 매일 밤 우에노(上野) 공원의 시노바즈(不忍) 연못 주위를 기어 다니는 인생이 되겠지. 나에게 처녀란 처음 우산을 샀을 때부터 지금까지 붙어 있는 손잡이의 비닐 덮개 같은 것이다. 손때가 묻은 채 반쯤 너덜너덜한 상태로 붙어 있어서 너무나도 떼어 내고 싶지만, 어쩐지 필요할 것 같아서 아직 그대로 두고 있는. 자연스럽게 떨어지면 어쩔 수 없지만, 억지로 떼어 내는 것은 참을 수 없다. 이치가 부드럽게 떼어 내 주면 정말 불만이 없을 것 같은데.

옆에서 숨소리가 들려와 어슴푸레한 어둠 속에 잠들어 있는 구루미를 바라보았다. 그녀의 얼굴은 잘 때도 영리해 보인다. 나 같이 깊이 잠들면 미지근한 푸딩처럼 옆으로 퍼져 이목구비가 넙데데해 보이는 일도 없다. 자고 있을 때조차 완성형 얼굴이라니 대단하군. 나는 깊이 잠들면 입이 빼끔히 벌어지고, 코를 골고, 내 무시무시한 코 고는 소리에 깨기도 하는데, 구루미가 코 고는 소리는 들어 본 적도 없고, 코가 막혀서 삑삑 소리가 난 적도 없다. 그녀는 항상 쌕쌕 소리를 내며 잔다. 미인은 얼굴이나 몸이라는 신체 부위뿐만 아니라, 또 미소나 몸짓 외에도, 무의식 상태에 놓이는 수면이라는 부분에서도 미를 지키고 있다. 휴대폰을 꼭 쥔 그녀의 손가락 끝에는 흰색과 베이지색의 우아한 프렌치 네일과 함께 자그마한 라인스톤이 빛나고 있다. 그녀만큼 전체적으로 수준 높게 다듬어져 있다면, 나 역시 이치에게 적극적으로 다가갔을지도 모른다.

20분이 지나자 각자의 손 안에서 휴대폰 알람의 진동이 울렸다. 우리는 일어나 말없이 옷매무새를 고치고 오후 업무를 위해 휴게실을 빠져나갔다.

회사 건물 유리창으로 이케부쿠로의 빌딩 숲이 보이고, 항상 어딘가에서 공사하는 소리가 들려온다. 최근에는 맞은편 빌딩이 공사 중으로, 비닐 덮개가 해체 중인 건물을 가리고 있다. 출근할 때 항상 그 빌딩 앞을 지나는데도 어떤 빌딩이었는지, 어떤 입주자가 입주해 있었는지 전혀 떠오르지 않는다. 창문에서 두꺼운 와이어가 스르륵 내려와서 보면 청소 회사 사람으로, 입사한 지 얼마 되지 않았을 무렵에는

8층 우리 사무실에서 오로지 와이어 두 줄에 매달려 창문을 닦는 사람을 보고 깜짝 놀라 눈을 떼지 못했다. 그러다 눈이 마주치면 고맙다는 의미를 담아 살짝 고개를 숙였지만, 지금은 선배 사원들과 마찬가지로 완전 무시. 마찬가지로 오후 네 시가 되면 매일 쓰레기통을 비우러 오는 청소 회사 아줌마도 무시. 나만 고맙습니다, 라고 말하는 게 부끄러워서 어느새 하지 않게 되었다. 그들에게는 돈을 받고 하는 업무인 것이고, 매번 하는 일인데 굳이 감사 인사를 하면 오히려 귀찮을 수도 있으니 말이다. 그런 변명을 마음속으로 중얼거리면서, 아줌마가 내 발밑에 웅크리고 앉아 쓰레기가 가득 찬 쓰레기통을 자기 쪽으로 끌어당길 때 아무 말도 하지 않는 숨 막히는 답답함을 넘겨 버리고 있다.

각 부서에서 넘어온 허술한 정산서와 영업과의 전표를 체크한 후, 전자계산기로 숫자를 확인하면서 데이터를 엑셀 파일로 정리하는 일을 하고 있을 때 나를 떠받치고 있는 것은 분노와 경멸이다. 덧셈 뺄셈조차 제대로 하지 못하는 사원들에 대한 경멸, 도저히 가늠할 수 없을 만큼 방대한 숫자에 대한 분노. 틀린 계산을 수정하고, 아무렇게나 배열된 숫자를 앞에서부터 나란히 정렬시키고, 수지 결산을 맞춰 상사에게 제출하고 도장을 받는다. 그럼 책장에 만화 단행본을 1권부터 순서대로 꽂아 놨을 때처럼 후련하다. 경리과에 배속됐다면 계산을 잘하시겠네요, 라는 말을 종종 듣지만, 원래 문과인 나는 전자계산기가 없으면 두 자릿수 암산도 못한다.

6

"밤인데 저쪽 하늘만 희뿌옇지? 저게 신주쿠(新宿)야. 해가 져도 완전히 어두워지지 않더라고. 신주쿠 거리에서 처음 밤하늘을 올려다봤을 때 하늘이 칙칙하고 밝은 회색을 띠고 있어서, 언제부터 밤이 되는지 알 수가 없더라고. 스모그로 오염이 된 건지, 네온사인이 너무 밝은 건지, 아마 둘 다일 거야. 그리고 저쪽에 신주쿠보다 한결 작은 빌딩 숲이 시부야(渋谷)고."

기무라 군의 맨션은 32층 건물의 20층으로, 베란다에서 밖을 바라보면 도쿄의 야경을 전부 조망할 수 있었다. 저 멀리 하계의 시끄러운 소리는 전혀 들려오지 않고, 세차게 부는 바람 소리만이 들렸다.

"이렇게 높은 곳에서 내려다보는 건 처음이야. 우린 정말 엄청난 곳에 살고 있구나. 고향의 야경과는 전혀 다르네."

옆에 있는 이치가 기무라 군이 가리킨 곳을 바라보면서 중얼거렸다. 베란다 난간에 팔을 올린 이치는 앞으로 살짝 몸을 숙인 채 턱을 괴고 있었다.

"이치노미야는 도쿄타워에 안 올라갔어?"

"아직."

도쿄에 왔는데 아직 안 올라갔다니 드문 일이네, 라고 편하게 말하고 싶었지만, 긴장한 나머지 목이 메어 결국 말하지 못 했다.

"너무 아름답다! 보이는 건 죄다 반짝거리고 있어. 이렇게 높은 곳에서 내려다보니 이 거리가 우리 것 같아."

들뜬 히라타 씨는 난간 밖으로 몸을 내밀며 야경을 구석구석 즐기고 있고, 기무라 군도 만족스러워 보였다. 히라타 씨는 맨션에 들어왔을 때도 천진난만하게 "우와" 하고 외치는 등, 어쩐지 남자를 기쁘게 하는 데 능숙해 보였다. 자신

이 없는 나는 들리지 않을 만큼 작은 목소리로 "오호"라고
한 게 전부였다.

전면이 빛나는 유리 조각으로 덮여 있고 가끔 어떤 거무
스름한 곳에만 녹음이 우거진 도쿄의 야경. 나는 그런 도쿄
의 야경이 그다지 마음에 들지 않았다. 32층 건물 같은 건
없이 시(市)를 둘러싼 산이 아래를 내려다보며 지키고 있는,
새카만 밤을 가진 고향의 야경을 사랑하는 나로서는 흥이
영 나지 않았다.

"저쪽에 있는 게 오다이바(お台場)의 관람차야."

기무라 군의 손가락이 가리키는 곳에는 라면에 든 나루
토마키(ナルト, 단면에 소용돌이무늬가 있는 어묵의 일종—옮긴이)
를 연상케 하는 디자인의 네온사인이 어지럽게 색깔을 바
꾸면서 빛나는 관람차가 있었다. 실제로는 커다랗지만 엄청
멀리 떨어져 있어서인지 아주 작아 보였다.

옆을 돌아보니 등을 구부린 채 베란다 난간을 짚은 양손
에 턱을 괴고 관람차를 보는 이치가 있었다. 고향을 떠올리
는 잠깐 사이에 이치를 잊고 있었던 나는 아주 자연스럽게

그를 볼 수 있었다. 이치는 내 시선을 알아채지 못한 채, 희미한 미소를 지으며 먼 곳을 바라보고 있었다. 입으로 토해내는 하얀 숨결이 바람을 타고 이치의 코끝에 부딪히고 있었다. 똑바로 본 적이 거의 없었던 탓에 어슴푸레했던 그의 옛 모습이 지금 그의 옆모습을 바라보는 동안 서서히 윤곽을 잃어가고, 끝내 나는 그의 중학생 시절 얼굴을 떠올릴 수 없게 되었다.

"기무라, 추우니까 이제 안으로 들어가자."

어깨를 움츠리며 방으로 들어간 기무라 군의 동료를 뒤따라, 야경을 보던 이치도 순순히 동작을 멈추고 기무라 군과 함께 방으로 들어갔다.

기무라 군 집에는 나와 이치, 가와사키에 사는 히라타 씨로 이루어진 동창생 그룹과, 기무라 군의 남녀 회사 동료 두 명이 모여 있었다. 도쿄에 사는 친척에게 빌렸다는, 같은 세대 회사원에 비해 현격히 호화로운 기무라 군의 집은 사원들의 집합소나 마찬가지인 듯했다. 그와 그의 동료가 익숙한 몸짓으로 찌개 요리를 만들어 주었고, 거의 아무것도 하지 않은 우리 동창생 그룹은 다 같이 건배를 했다.

이치도 있고, 이모저모 긴장한 나는 거의 말을 할 수가 없었다. 별로 안 마시네, 술 약해? 라고 기무라 군이 말을 걸었을 때, 술을 많이 마시면 오줌이 마려워서 싫어! 라고 고개를 저으며 귀여운 척을 해 볼까 했지만, 그게 정말 귀여울지 자신이 없었다. 아무래도 나는 오타쿠로 지낸 기간이 길었던 탓에, 현실 세계에서 어떤 행동을 하면 어떤 반응이 돌아올지 상상이 가지 않는다. 일할 때는 공적인 장소에 있으니까 정신을 바짝 차리고 있으면 다른 사람들과 분리되지 않지만, 근무 시간 외에는 순간적으로 어떤 게 일반적인지 알수가 없게 된다.

히라타 씨와 기무라 군의 여자 동료는 부지런히 밥을 담거나 부엌에서 차가워진 캔맥주를 가져왔다. 의젓하게 감사인사를 하는 기무라 군과 남자 동료는 이를 완전히 반기는 모습이다. 하지만 속이 빤히 보이는 것 같아 움직일 수 없게 된 나는 엉덩이가 아주 무거운, 멍하니 밥이 되기를 기다리며 부모를 돕지 않는 아이 역할밖에 할 수 없었다. 이치는 그런 나를 보며 '센스가 없다'고 점수를 몇 점이나 뺄까? 하

지만 여자들의 세계는 복잡하다. 내가 뒤늦게 나도 돕겠다
며 일어나도, 자기가 빛날 수 있고 또 무료하지 않은 역할을
뺏기고 싶지 않은 여자들은 웃는 얼굴로 "괜찮아~ 앉아 있
어~"라고 할 뿐, 결코 자신의 위치를 양보하려고 하지 않을
것이다. 식사 준비 정도는 나도 할 수 있어, 지금 하지 않을
뿐이지. 그러니 물도 묻히지 않은 밥주걱에 여기저기 밥알
을 묻혀 가며 밥공기에 밥을 담는 히라타를 좋아하진 말아
줘, 부탁이야.

담소를 나누며 찌개를 먹어 치운 우리는 배가 부른 상태
로 다 같이 천천히 이야기하고 있었다. 그때 두 여자에게 빈
틈이 생겼다. 남자들에게 맥주를 따르거나 개인 접시에 샐
러드를 나눠 주는 등 바지런히 움직였던 두 사람이지만, 배
가 가득 차자 칠칠치 못하게 자기 접시에 달라붙은 음식 쪼
가리를 젓가락으로 긁어내 먹고, 만취한 얼굴로 깔깔대며
이야기하고 있었다. 임시변통으로 바지런히 움직였던 것이
라 오래가진 못했을 것이다.

지금이다! 이쯤에서 나도 도움이 되는 모습을 보여야 해.
비어 있는 큰 접시를 겹쳐서 부엌으로 가져가려고 하자 기

무라 군이 "아, 나중에 할 테니까 거기 둬"라고 소리쳤다.

"그래? 그래도 지금 치울 수 있을 만큼만 치워 둘게."

"괜찮아, 앉아 있어. 신경 쓰지 않아도 돼."

아니아니아니, 모두가 즐겁게 이야기하는 사이에 뒷정리
를 해서 모두의 부담을 줄이는 것, 이것이 지금 내가 해야
할 역할이다. 이제 국물이랑 배추밖에 없는 냄비를 개수대
로 가져가고 비어 있는 개인 접시도 모두 거둬 들였다. 살짝
망설였지만 끝내 수세미를 잡고 수도꼭지를 틀자 당황한 기
무라 군이 튀어 왔다.

"그렇게까지 안 해도 된다니까. 지금은 다 같이 이야기하
자, 모처럼 모였잖아."

"하지만 설거지 양이 어마어마해. 난 괜찮으니까 천천히
이야기하고 있어. 난 설거지하면서 들을게."

"아니, 진짜 괜찮아."

"조급하게 굴면 우리까지 불안해지니까 그만해~."

기무라 군의 남자 동료가 농담처럼 말을 던지고, 여자들
이 킥킥 웃었다.

아, 분위기 파악하라는 건가? 네네, 알겠습니다. 오히려

신경 쓰지 않은 것만 못하게 됐네요. 내 자리로 돌아가려다가 아직 수세미를 쥐고 있다는 걸 알아차리고 다시 개수대로 되돌아갔다. 물론 아무도 보고 있지 않았다. 소리가 나지 않을 정도로 살살 수돗물을 틀고 손에 묻은 거품을 씻었다.

이치는 그저 웃으며 다른 사람의 이야기를 듣는 무난한 위치에 있었다. 문득 입술을 꽉 다무는 모습이나 억지로 술을 왕창 먹이려고 덤벼드는 기무라 군의 동료에게 웃으며 대응하는 모습은 동창회 때와 마찬가지. 자기가 원하는 이상의 술은 절대 따르지 못하게 하고 있다. 그 동료에게서 떨어지려고 몸을 살짝 빼고 있는 모습이 완고하면서도 여려 보여서, 마치 중학생 때를 연상케 한다. 뿌리가 같은, 겁먹은 모습이 여전히 섹시한 이치다.

실컷 마신 기무라 군의 남자 동료는 거실 소파 밑에서 퇴근길 와이셔츠 차림으로 잠들어 버리고, 기무라 군과 여자 동료는 얼음을 사 온다고 밖으로 나간 후 돌아오지 않고 있었다. 나가기 전에 기무라 군이 침실에 이불을 두 장 깔아서 마지막 전철이 끊긴 동창생 그룹이 잘 수 있게 해 두었지만, 방에는 화장을 지운 나밖에 없다.

상황을 살피러 거실로 나가니 이치와 히라타가 어깨를 나란히 기댄 채 소곤소곤 이야기를 하고 있었다. 이치가 뭔가 말하니 히라타가 웃고, 두 사람은 내가 뒤에 있는 것도 눈치 채지 못했다. 살짝 취한 척을 하며 상기된 얼굴로 이치를 올려다보는 히라타. 이치의 눈길이 향하도록 핑크색 페디큐어를 칠한 스타킹 속 발끝을 안쪽으로 모아 아무렇게나 뻗고 있다. 하지만 나는 당황하지 않아. 왜냐하면 이치는 다른 사람들이 치근대는 타입이니까. 지금도 이치를 남자로 보고 금세 아양을 떠는 히라타를 어쩔 수 없이 상대해 주고 있을 뿐이야. 뻔해.

"앗, 깜짝이야."

내가 그들이 앉은 소파 바로 옆을 가로질러 다이닝 테이블에 앉자 히라타가 꽥 소리를 질렀다. 하지만 나는 개의치 않고 찌개 국물과 두부 쪼가리가 튄 테이블을 휴지로 깨끗이 닦고, 전화기에서 팩스 용지를 한 장 빼내 근처에 있던 볼펜으로 〈모태왕자〉 일러스트를 그리기 시작했다.

"뭐 해~."

히라타가 물었지만 대답하지 않는다. 무시당한 히라타는

나에게 들으란 듯이 왜 저러지? 취했나? 라고 이치에게 속삭였다. 하지만 곧 나를 무시하고 두 사람은 다시 추억 이야기를 시작했다.

히라타가 좁은 턱을 조금씩 움직이면서 자못 이야기에 집중하고 있다는 듯이 연신 고개를 끄덕이는 기색, 나에게 들리지 않도록 소리 죽여 웃는 분위기가 전해져 온다. 혹시 두 사람이 흥겹게 내 험담을 하고 있었을지도 모른다고 생각하니, 오늘 먹은 찌개랑 안주가 전부 뒤섞여 페이스트 상태가 된 뜨뜻미지근한 크림소스가 입에서 넘쳐 나올 것 같았다. 그럼 빨리 집에 갔으면 될 텐데, 라고 생각하면서도 종이에 모태왕자를 그리는 손은 멈출 줄을 모른다.

모태왕자는 만사태평해 보이는 처진 눈으로 미소 지으며 버섯 모양으로 자른 찰랑거리는 머리를 자랑하고 있다. 기무라 군 동료의 코 고는 소리와 히라타의 킥킥거리는 웃음소리에 대항하듯이 격렬한 소리를 내며 볼펜을 굴린다.

"뭘 그리는 거야?"

나를 무시할 수 없게 된 히라타가 말을 걸고 이치도 이쪽으로 고개를 돌렸다. 테이블에 혼자 앉아 일사불란하게 볼

펜을 굴리는 내가 너무 섬뜩해서 방치할 수 없게 된 걸까, 아니면 내가 방해가 되어 이치와 이야기를 이어갈 수 없게 된 걸까. 히라타가 일부러 밝은 목소리를 내며 내 그림을 들여다보았다.

"앗, 귀여워! 무슨 캐릭터야?"

"오리지널 캐릭터야. 너 줄게."

히라타에게 종이를 내밀었다. 그녀는 앗, 필요 없는데…… 라고 중얼거렸지만 결국 종이를 받아들었다.

"저기, 꽤 취한 거 아냐? 일찍 자는 게 좋을 것 같아. 나랑 이치노미야 군은 이제 잘게. 잘 자."

잘 자, 라는 이치의 목소리도 들려왔지만 나는 대답하지 않고 계속해서 모태왕자를 그렸다. 빨리 자는 게 좋다니, 두 개밖에 없는 이불 중에 나는 어느 쪽을 골라도 밀려난다. 침실에서 이치와 히라타가 이상한 소리를 내도 들리지 않도록 나는 모태왕자의 미소에만 집중했다. 모태왕자가 뛰어오른다, 달린다, 질주한다. 중학교 때는 더 잘 그릴 수 있었던 몸통을 감싼 휘장에 눈물방울이 떨어져 볼펜이 잘 굴러가지 않는다.

거실로 들어오는 조심스러운 발소리가 들려왔다. 나는 시야 가장자리로 보지 않아도 그게 이치라는 걸 알 수 있었다.

"일러스트 그릴 줄 아는구나. 잘하는데?"

느긋한 이치의 목소리에 재빨리 눈물을 훔치고 계속해서 그림을 그린다. 모태왕자가 신은 둥근 구두코의 가죽 신발, 문장(紋章)이 들어간 검.

"얘는 이름이 뭐야?" 이치가 손톱이 짧은 둥그스름한 손끝으로 일러스트를 가리켰다.

"모태왕자."

"왕자? 왕관을 안 썼는데?"

"아, 진짜다."

이치의 버섯머리를 좋아한 나는 모태왕자의 머리에도 쓸데없는 걸 씌우고 싶지 않아서 처음부터 왕관을 그리려는 발상을 하지 못했다. 왕자의 일러스트에 화사한 왕관을 그려 넣으니 훨씬 왕자다워졌다.

"흠, 괜찮아 보이네. 이 녀석 왠지 내 중학교 때 머리 모양이랑 비슷해. 항상 놀림을 받곤 했었지, 버섯, 버섯 하고 말이야."

"응, 이 왕자는 중학교 때 이치 군이야."

말을 꺼낸 순간, 뭔가가 허물어지면서 마음이 몹시 편해졌다.

"응? 나?"

"나, 중학교 때 이치 군을 동경해서 이치 군을 주인공으로 한 만화를 그렸거든."

"그럼 내가 모태왕자라는 거야?"

"응."

이치는 아기처럼 때 묻지 않은 소리를 내며 웃음을 터뜨렸다.

"농담이지? 왕자 같은 녀석은 중 2 때 나 말고 반에 많이 있었잖아. 인기가 많았던 다카하시(高橋)라든가, 아라이(新井)도 있었고."

"이치 군도 충분히 왕자다웠어."

"또 그런다. 난 중학교 시절에 애들이 괴롭혔던 기억밖에 없어서 지난번 동창회도 별로 가고 싶지 않을 정도였어. 항상 힘센 남자애들이 폭력을 휘두르고 여자애들도 나를 얕잡아 봐서, 어딜 봐도 왕자가 아니었다고."

믿을 수가 없는 나는 얼굴을 들어 이치를 보았다.

"무슨 소리야? 괴롭힌 게 아니야, 치근댄 거지."

"말하기 나름이네. 몸집이 작았던 나에게 아베(安部)나 니시(西)처럼 체격 좋은 놈들이 종종 폭력을 휘둘러서, 한번은 집에 와서 교복 셔츠를 벗었더니 옆구리 근처에 퍼렇게 멍이 든 적도 있었어. 동창회에서 아베가 또 치근댔을 때는 어찌나 화가 나던지 맞받아치고 싶었지. 물론 맞받아치지 않았지만 말이야. 그 녀석은 어른이 돼도 중학교 때랑 전혀 변한 게 없더라."

설마, 아니야. 모두 이치랑 놀고 싶어서 심술을 부렸던 것뿐이야. 싫어서 괴롭힌 아이는 따로 있었어. 그 아이는 이치가 당했던 것과는 비교도 안 될 만큼 음침했지. 하지만 이치는 자기가 쭉 괴롭힘을 당했다고 생각한 것이다. 자기 방에서 옆구리의 시퍼런 멍을 조심스럽게 들여다보는 중학생 시절의 이치를 떠올려 봤다. 그때 이치는 얼굴을 찌푸렸을까? 한숨을 쉬었을까? 혀를 찼을까? 틀림없이 어두운 표정으로 입술을 꾹 다물었을 것이다. 상상만 해도 아찔해질 만큼 섹시했다. 나는 이치에 관한 추억을 하나 더 늘렸다.

"힘들었구나. 내가 도와주면 좋았을걸."

"고마워. 그나저나 너 참 재밌는 애구나. 중학교 때 거의 교류가 없었는데 나에 대해 잘 아는 것처럼 얘기하네. 아니면 꽤 취한 건가?"

"안 취했어. 만화를 읽은 것도 기억하지 못하면, 운동회 때 나한테 말 걸었던 것도 기억 안 나겠네?"

이치가 부끄러운 듯이 겸연쩍은 표정을 지었다.

"기억해."

"거짓말. 진짜?"

"중 2 운동회에서, 운동장에 앉아 있을 때였지?"

"그래, 폐회식 때."

"너한테 말을 걸기 직전까지는 아무 생각도 없었어. 그러다 바로 옆에 앉아 있는 널 봤는데, 네가 나를 보지 않는 게 갑자기 마음에 안 드는 거야. 우린 한 번도 이야기한 적이 없었는데, 이상하지? 갑자기 그런 말을 해서 미안. 너도 그렇겠지만, 나한테도 기묘한 추억이라서 지금도 기억이 나."

이치는 왜 자기가 내 시선을 원했는지 깨닫지 못하고 있다! 반에서 이치를 보지 않는 사람은 나밖에 없었기 때문인데. 중학교 때 나는 이치의 심층 심리에 어필할 수 있었던 것이다.

"누구든지 좋으니까 너를 바라봐 줬으면 했어?"

"아니, 너만 바라봐 줬으면 했어. 아, 이 이야기는 이제 그만하자. 쑥스럽네."

쨍그랑 소리가 나서 이치를 쳐다보니 테이블에 굴러다니던 빈 맥주 캔을 슈퍼에서 받은 비닐봉지에 넣고 있었다. 그래, 이제 정리를 할 때구나. 나도 끈적거리는 맥주 캔이랑 테이블에 흩어진 카키피[柿ピー, 카키노타네(柿の種)를 땅콩과 함께 섞어 파는 과자―옮긴이] 부스러기 등을 모아 쓰레기통에 버렸다. 테이블을 치우고 행주로 닦아 내니 깨끗해졌다.

청소가 끝난 뒤, 이치는 부엌 개수대에서 한참을 손을 씻고 있었다. 보통 사람이 보면 정리하느라 더러워진 손을 열심히 씻고 있다고 생각할 것이다. 하지만 나는 다르다.

"어째서 그렇게 손을 씻는 거야?"

"오래된 버릇이야. 손가락 사이에 뭔가 달라붙어서 영원히 떨어지지 않을 것 같거든. 희한하지?"

이치에게 달라붙어 있는 것은 시선이다. 이치는 남의 시선에 매우 민감한 것이다. 하지만 이치의 그런 면이 좋다. 어째서 신경질적으로 정성껏 손을 씻는 남자가 좋으냐고 물어봐도 대답하기 곤란하다. 확실히 깨끗하긴 하겠지만 라쿤(먹이를 씻어 먹는 버릇이 있다)도 아니고, 내내 계속 씻는 건 병적이지 않아? 어디가 매력적이야? 라고 물어봐도 마찬가지다. 나는 그저 진지한 표정의 이치가 고개를 숙이고 손을 씻는 모습과, 겨울에 냉수를 뒤집어쓴 탓에 빨개진 이치의 손끝이 좋아서 견딜 수 없는 것이다. 주머니에서 빛바랜 깨끗한 손수건을 꺼내 한 손씩 닦은 뒤 다시 주머니에 넣는 일련의 익숙한 동작도 좋다.

"기무라가 안 오네. 곧 날이 밝을 텐데."

"이제 자는 게 어때?"

"너 먼저 자. 히라타 씨 옆 이불이 비어 있어. 난 거기서는 못 자."

"이치 군은 어떻게 할 거야?"

"난 여기 소파에서 잘까? 하지만 코 고는 소리가 시끄러워서 무리일 것 같기도 하고. 괜찮아. 지금 자 봤자 오히려 힘만 들 테니 난 일어나 있을래."

"그럼 나도 일어나 있을게."

"그럼 잠도 깰 겸 얘기나 할까?"

"무슨 얘기?"

"졸려서 생각이 안 나. 네가 한번 해 봐."

묻고 싶은 것은 잔뜩 있었다. 중학교 때 이치는 점심시간
에 항상 축구를 했는데 정말 축구를 좋아했는지? 이치가 엄
청 싫어했던 미야모토 선생님이 담임이 된 중 3 때는 어떻
게 지냈는지? 하지만 추억은 입 밖으로 나와 공기에 닿자마
자 변질된다. 진공 상태에 가둬 어떻게든 색을 보존한 장미
꽃을 밖으로 꺼냈을 때처럼, 순식간에 갈색으로 변해 시들
어 버린다. 상자에 담겨 있으면 더 비싸게 팔렸을 텐데, 딱
한 번이라도 포장을 풀고 손으로 만지게 되면 큰 폭으로 가
격이 떨어지는 빈티지 장난감과도 비슷하다.

"그럼 멸종된 도도새에 대해 이야기할까?"

내 말에 이치가 크게 고개를 끄덕였다.

"아아, 좋아. 모리셔스 섬에 있던 새잖아? 남획으로 멸종
되고 말았지, 아까운 일이야."

"알고 있구나."

"도도새는 유명하니까. 난 고생물 같은 걸 좋아하거든. 특히 멸종한 동물에 대해 알고 싶어. 모양도 재밌고, 이런 찌그러진 녀석들이 지구상에 진짜 존재하고 있었구나, 하는 생각만 해도 재밌어."

"자, 그럼 암모나이트가 어떻게 가리비 외투막처럼 꼬이게 됐는지 얘기해 볼까?"

"아아, 이상돌기 말이구나. 고대에는 소용돌이 모양으로 예쁘게 말려 있던 암모나이트가 시대를 거듭하면서 점점 특이한 형태로 말리게 되고, 결국은 그저 못생긴 외투막이 된 거야. 과도한 진화는 뒤틀린 결과를 낳는다는 대표 사례처럼 이야기되고 있지. 하지만 최근에는 변화한 지구 환경에 맞춰 살기 편하게 모양을 바꿨다는 설이 유력해. 겉으로 보기에 균형이 무너져 있으니까 정상이 아니라고 결론을 내는 인간이 이상한 걸지도 몰라. 너무 겉모습만 보고 판단한 거지."

내가 놀란 나머지 아무 말도 못 하고 있자 이치는 어리둥절해 했다.

"앗, 내가 이상한 소릴 했나?"

"아니야. 하지만 엄청 자세히 알고 있어서 놀랐어. 나도 이런 분야를 좋아하거든."

열성팬들이나 할 법한 이야기인데 아무렇지도 않게 대답하고 있는 이치가 기적처럼 보였다. 니는 무시했던 화제에 이렇게 즐겁게 호응해 주다니, 그것도 새벽 네 시에. 우리는 마음이 통하는 게 틀림없어. 사귀면 이야기할 게 분명히 많이 있을 거야. 하지만 이 허무함은 뭘까. 서로 통하긴 하지만, 이치가 나를 좋아하고 말고 할 것도 없다는 사실이 전해져 오기 때문일까. 마음이 통하면 통할수록, 두 사람 사이의 영원히 줄어들지 않는 거리가 점점 더 부각된다. 마음이 통해? 그게 무슨 소용이야. 거기서 아무 케미도 생겨나지 않는데.

"나도 그래. 갓켄(学研, 일본의 출판사—옮긴이) 도감 보는 걸 좋아하거든. 집에 전권이 있어서 초등학생 시절에는 학교에서 돌아오면 매일같이 보곤 했어. 특히 고생물이나 공룡이 실려 있는 도감은 지금도 보기 때문에 페이지가 너덜너덜해. 너도 어릴 적부터 흥미가 있었던 거야? 대체로 생물을 조사한다는 게, 어릴 적에는 누구나 한 번씩 하는 거잖

아. 공부의 연장선상에서 나온 탐구심 때문이랄까?"

"아니, 나는 어른이 되고 나서 인터넷으로 찾아봤어. 위키피디아라고 알지? 인터넷 유저들이 만든 백과사전 말이야."

소파에 나란히 앉은 이치에게서는 어린 시절 항상 안고 자던 기린 인형 냄새가 났다. 사실 그런 인형은 없었다. 난 어릴 적부터 잘 때는 항상 혼자였으니까. 하지만 뭐랄까, 이 미지상 그럴 것 같다고나 할까? 축축한 냄새라고 표현하면 그만이지만, 콘소메 계열인 니의 냄새보다 훨씬 좋아서, 깊게 들이마시면 유전자 차원에서 마음이 차분해진다. 하지만 좀 쓸쓸해지는 냄새이기도 했다. 마치 약간 벌어진 채, 메워지지 않는 우리 사이의 틈처럼.

"그렇구나." 이치가 조용히 웃었다. "어쨌든 가리비의 외투막이라니, 넌 말을 참 재치 있게 하는 것 같아."

"어째서 나를 '너'라고 부르는 거야?"

내가 묻자 이치가 내가 너무 좋아하는, 부끄러워하는 듯한 미소를 지으며 말했다.

"미안, 이름이 생각이 안 나서."

에토 씨에 대해 말해 줘, 라고 하던 니의 얼굴이 떠올랐다. 에토 씨에 대해 말해 줘. 가슴에 빨간 포스트잇을 달고 있었을 뿐인데도 나를 발견해 준 사람.

7

"어서 와."

"응."

니는 현관에 들어서자마자 한숨을 내쉬며 넥타이를 풀었
다. 일부러 내가 그의 집에서 기다리는 게 당연하다는 듯한
태도를 취하는 니. 그 모습이 우습기 짝이 없다. 나도 그에
게 맞춰 아내 같은 태도를 선보였다.

"휴일에 출근하느라 고생했어. 크로켓 만들었는데 먹을
래?"

"아~ 좋네, 고마워. 하지만 점심에도 크로켓 정식을 먹었
는데."

요것 봐라, 너무 신난 거 아냐? 모처럼 만들었으니 지금
은 기뻐할 타이밍이잖아. 점심도 크로켓이었다느니 하는 얘
긴 굳이 하지 않아도 되는데. 정말이지 생각한 걸 바로 입에
올리는 남자라니까.

"점심도 크로켓이었어? 똑같은 걸 만들었네. 미안."

"응, 그래도 괜찮아. 나 크로켓 좋아해."

일부러 고압적인 태도로 대답한 니가 복도에 서 있는 내
옆을 지나 거실에 들어가려고 하기에 뒤에서 머리를 쿡 찔
렀다. 그러자 미안, 거짓말이야, 그냥 한번 해 보고 싶었어,
라며 미소를 지어 보였다.

택시에서 내려 싸우고 헤어진 뒤, 우리는 잠시 연락 두절
상태였다. 하지만 시간이 흐르자 니는 아무 일도 없었다는
듯이 문자를 보냈고, 다시 만나게 된 우리는 일요일에 그의
집으로 가게 되었다. 하지만 가기 직전 휴일 출근이 정해진
니. 여벌 열쇠를 받은 나는 그날 밤 그의 집에서 그가 돌아
오기를 기다리게 되었다.

일전에는 미안. 나도 모르게 마음이 초조했어.

니가 선뜻 사과의 말을 했을 때, 나는 예전에 느꼈던 양심

의 가책이 되살아나 아무 말도 할 수 없었다. 그가 한 말도 맞는 말이었는데 사과를 하다니, 의외로 뒤끝이 없고 깔끔하군. 어떤 의미에서 니는 대단해. 원하는 대답을 듣기 위해 최선을 다하고 있어. 나라면 최선을 다해도 원하는 것을 가질 수 없을 때, 틀림없이 자존심에 상처를 입고 회복 불가능한 상태가 될 거야. 그래서 거의 아무것도 하지 않고 원하는 게 있으면 언제나 보고만 있을 뿐이지. 그건 이치에게도 마찬가지.

물건이 별로 없는 니의 방은 잘 정리되어 있다. 그러나 세련된 인테리어의 흔적은 전무하다. 그럼 무기질 같은 느낌의 방인가 하면, 또 그렇지는 않다. 비유하자면 아내가 먼저 세상을 떠나 혼자 뭐든지 할 수 있게 된 할아버지의 방, 또는 입소 10년째인 모범수의 방 같은 느낌이다. 빨래는 잘 개어져 있고, 방구석에는 빛바랜 방석 네 개가 포개진 채 놓여 있다. 벽에 붙은 프로 축구 리그 달력이 유일하게 젊은이다운 물건인데, 날짜 아래 빼곡히 용무가 적힌 그 달력마저 길이 잘 들어 있다. 항상 그렇게 하고 있는 걸까? 니는 장지문도 안 닫고 다다미방에서 양복을 벗더니 달랑 트렁크 팬티 차림으로 장롱에서 편한 옷을 꺼내 입었다. 내가 있다는 사실을 완전히 잊은 듯한 묵묵한 동작, 그리고 멍한 표정. 나는 세면대로 향하는 그를 따라가 탈의실 구석에 놓인 둥근 의자에 앉았다. 그리고 그가 세수하는 모습을 지켜보았다.

"크로켓, 저렇게 놔둬도 괜찮아?"

"응, 나머지는 튀기기만 하면 돼."

"흐음."

니의 기뻐하는 모습이 그의 등에서부터 전해져 온다. 군제(グンゼ, 남성용 속옷 및 스타킹을 주로 생산하는 일본의 섬유 메이커 회사—옮긴이) 티셔츠를 입은 넓은 등. 뜨거운 물이 힘차게 흘러가는 소리. 마지막에 니는 펌프식 비누를 눌러 손을 씻었는데, 이치처럼 병적으로 닦는 게 아니라 거품을 씻어내는 정도로 대충 씻었다. 수건을 건네자 기쁜 표정으로 받아들더니 곧장 흠뻑 젖은 얼굴을 닦고 돌려주었다. 나는 하나도 귀엽지 않아, 고맙다는 말 정도는 해야지, 라고 발끈했다. 니는 어린애 같아서 화가 난다. 하지만 어떻게 하면 기뻐할지 금세 알 수 있어서 마음이 놓인다. 내가 집에 있어도 자연스럽게 행동하기 때문에 가족 같기도 하다.

"이 크로켓, 맛있는데? 점심에 먹은 것보다 훨씬 맛있어. 요리 잘하는구나."

"자취하니까."

"대단해. 나도 혼자 살지만, 제대로 밥을 해 먹은 건 손에 꼽을 정도야."

식탁에 앉은 니는 손으로 집어 먹듯이 크로켓을 먹어 치웠다. 내가 만든 요리를 먹고 기뻐해 주니 기분이 복잡해진다. 예전에 니가 경리 일을 보는 여자는 야무져서 좋은 신부가 될 것 같다고 했을 때와 같은 기분이다. 만약에 니와 결혼하면 요리 전담이 될 것 같아서 마음이 무거워진다. 나는 전업주부가 아니라 일을 할 텐데. 하지만 니는 기쁜 표정으로 그저 평범한 맛의 크로켓을 연신 맛있다고 하며 잔뜩 먹고 있다. 나도 니를 통해 남자가 기운차게 밥을 끝까지 다 먹어 주는 이상을 실현하고 있다. 우리는 정말 원시적인 욕구로 맺어진 사이다.

"아, 나 이 탤런트 싫어해. 채널 바꿔."

니가 싫어하는 탤런트, TV에서 독설을 내뱉고 있는 서른이 넘은 여자 연예인은 얼굴이며 체형, 턱을 쑥 내밀고 이야기는 모습까지 나랑 똑같았다.

"나 이 사람이랑 닮았다는 얘기 종종 들어."

니가 뭐? 하더니 내 얼굴과 여자 연예인 얼굴을 번갈아가며 보았다. 확실히 닮았다는 대답과 함께 니는 깜짝 놀란 표정을 지었다.

"하지만 에토 씨랑 이 사람은 달라. 이 녀석은 말하는 게 꼬여 있고 못돼 보여서 싫단 말이야."

그래? 드러났는지 아닌지의 차이일 뿐, 생각하는 건 다 똑같아. 그래서 그녀가 하는 말에 많은 사람들이 웃는 거야. 좋아하는 타입이나 싫어하는 타입은 그 경계가 아마 꽤 애매하지 않을까? 비슷한 사람이지만 어딘가가 아주 약간 다르기만 해도 마음에 걸리는 부위가 다르거든. 당연해, 왜냐하면 우린 모두 각각 다른 사람이니까. 니도 정말 냉정한 시선으로 유심히 나를 지켜본다면 왜 이런 여자를 좋아하게 됐을까, 하고 이상하게 생각할지도 몰라.

결국 처음의 주장대로 채널을 바꾼 니는 우적우적 크로켓을 씹어 먹으며 '경찰 24시' 프로그램에 시선을 고정하고 있다.

다 먹은 뒤, 물을 끓여 주전자에 담아 두 개의 잔에 고소한 향의 현미 녹차를 따랐다.

"오, 센스 있는데?"

소파에 앉아 TV를 보며 웃고 있던 니가 반갑게 테이블 근처로 다가왔다.

"아니야. 에토 씨는 센스가 있는 게 아니라, 나에 대해 잘 아는 거야."

사실 니는 그 정도로 단순하지 않다. 그저 나를 좋아해서 단순해진 것일지도 모른다. 웃고, 화내고, 기뻐하고, 이 모든 것이 나의 일거수일투족에 영향을 받고 있기 때문이다. 어째서 나 같은 인간이 그에게 그렇게까지 영향을 줄 수 있는 걸까.

"있지, 이제 슬슬 대답해 주는 게 어때? 나랑 사귈 마음이 있는지 없는지."

나를 향해 돌아선 니가 긴장해 있는 것을 알 수 있었다.

"내 입으로 이런 말하긴 뭣하지만, 에토 씨를 찾아낸 걸 보면 나는 감이 꽤 좋은 것 같아. 우리는 잘될 거야. 뭐랄까, 같이 있는 게 너무 자연스럽잖아."

첫 남자 친구는 반드시 좋아하는 사람과 사귈 거라고 생각했다. 나 자신에게 거짓말을 하고 싶지 않고, 반대로 좋아하지 않으면 사귈 수 없으니까. 언젠가 구루미가 말했듯이, 나 또한 나 자신을 요즘 세상에 보기 드문 순정적인 사람, 순애보를 간직한 사람이라고 생각했다. 아직도 첫사랑을 생각하는 내 모습이 좋았다. 하지만 너를 앞에 둔 지금, 그 생각이 순정은커녕 어쩐지 추접하다는 기분마저 든다. 어째서 좋아하는 사람하고만 사귀는 거지? 어째서 나를 좋아해 주는 사람에게는 눈길도 주지 않는 거야? 자기 순정만 소중하고 타인의 순정에는 무심하다니, 이건 그냥 건방진 거야. 만약에 사귄 뒤에도 좋아지지 않는다면 어쩔 수 없겠지. 그러니 상대방의 순정에 부응해서 한번 시험해 봐도 좋지 않을까? 자기의 직감에만 의지하지 말고 상대방의 직감을 믿는 것도 중요할지 몰라. 니는 나와 잘될 거라고 확신하고 있으니까.

혹시 내가 이치에게 고백한다면, 그는 압박에 약할 것 같으니 사귈 수 있을지도 모른다. 하지만 그가 나를 정말 좋아하게 될 일은 없을 것이다. 나는 이치가 나에게 준 감동, 사람을 진심으로 좋아하게 되는 감동을 그에게 줄 수 없다. 정말 이치를 사랑한다는 걸 절감했던 날, 평소 학교에서 집으로 오던 길이 달라 보였다. 오감을 감싸던 막이 한 꺼풀 벗겨진 것처럼 항상 보던 전선 너머의 파란 하늘이 갑자기 싱그러워 보이고, 집 근처 케이크 가게에서 흘러나오는 버터를 녹인 달콤한 빵 반죽의 향기가 코를 간질였다. 오늘 하루 공부한 교과서가 든 가방은 평소보다 가볍고, 도로를 달리는 자동차의 속도마저 상쾌했다. 나는 그 기분을 이치에게 맛보게 해 줄 수 없다. 그러나 니에게는 가능하다. 니는 나와의 만남을 기대하며 회사에 오는 날도 있을 것이다. 저녁으로 크로켓을 만들기만 해도 등에서 기쁨이 배어나게 할 수 있다. 집에서 기다리고 있기만 해도 그를 중년의 아저씨처럼 안심시켜 줄 수도 있다.

"좋아."

"뭐?"

"우리 사귀자."

"진짜? 성공이다!"

그는 주먹을 쥐고 수차례 휘두른 후, 평소보다 몇 배나 더 눈동자를 빛내며 내 팔뚝을 잡았다.

"정말 고마워. 하지만 어째서? 지금까지 나한테 마음이 없어 보였는데, 우리 집까지 와 준 것도 모자라 왜 나랑 사귀자는 생각까지 한 거야?"

"우린 엄청 자연스럽게 가족이 될 수 있을 것 같지 않아? 지금도 내가 이 방에 있는데 아무 위화감이 없고."

기뻐하는가 싶더니 갑자기 니의 표정이 심각해졌다.

"저기, 하나 말해 둘 게 있는데."

니가 카펫 위에서 자세를 고쳐 앉더니 양반다리를 한다.

"나는 너랑 사귀어도 당장은 결혼하지 않을 거야."

"뭐?"

서로를 응시한 채 침묵이 흐른다. 이야기가 어디로 흘러가는지 알 수가 없다.

"내가 결혼 얘기를 했었나?"

"아니, 그냥 어떻게 생각하나 싶어서."

"나도 사귀자마자 바로, 서로 잘 모르는 상황에서 결혼하고 싶진 않아."

"그렇구나. 그럼 다행이고."

니는 한숨 돌린 표정으로 다시 내 손을 잡았다. 전 여자 친구가 결혼을 재촉했던 과거를 떠올린 걸까? 어쨌든 뭔가 이상해.

"저기, 왜 그런 걸 물어본 거야?"

"아니, 구루미 씨가 에토 씨는 엄청 결혼하고 싶어 한다고, 사귀는 남자와는 반드시 결혼할 생각으로 엄밀히 고른다고 했거든."

구루미가? 믿고 고민을 털어놓은 구루미가 어째서 내 상담 내용을 니에게 말한 거지?

"무슨 얘기야? 자세히 말해 봐."

"일전에 영업과 애들이랑 술을 마시는데, 그중 한 명이 여자가 없으니 분위기가 별로라며 구루미 씨를 불렀어. 그때 그녀가 말하길, 에토 씨는 결혼하고 싶은 마음이 강하다고……."

"흐음."

동요를 감추고 니의 손을 맞잡았다. 어째서 구루미는 둘이서만 한 이야기를 모두가 있는 앞에서, 그것도 니가 있는 앞에서 한 걸까? 구루미도 뭔가 석연치 않고, 우리가 사귀는 걸 순수하게 기뻐하면 될 텐데 갑자기 조건을 제시한 니도 미심쩍다. 하지만 지금은 내 인생 첫 남자 친구가 탄생한 순간이다. 화내지 않고 행복한 마음으로 있고 싶다.

"물론 나는 에토 씨와 결혼하고 싶어. 그래서 결혼을 전제로 사귀어 달라고 한 말에 변함은 없지만, 그게 그러니까……."

니가 고개를 숙이고 헛기침을 했다.

"말주변이 없어서 미안. 그러니까 어쨌든, 에토 씨를 좋아한다는 거야."

무슨 소린지 전혀 모르겠다. 하지만 그에게만 스마트한 자세를 요구하는 것은 잔인하다. 나 역시 입 발린 소리라도 로맨틱한 한때를 만들어 낼 재능이 있다고는 하기 어렵다. 하지만 어딘가 모르게 쓸쓸했다. 이치가 심히 그리워진다. 아니, 내가 그리운 것은 현실의 이치가 아니다. 내가 마음속에 멋대로 품고 있던 이치의 환영이다.

"에토 씨, 이름을 불러도 될까?"

"응."

"……자, 요시카."

문득 어떤 낌새와 함께 냄새가 나기 시작한다. 악취가 아니라 뭐랄까, 열기의 냄새. 콘소메 수프 냄새가 진해졌나?

아아, 니가 가까이 있기 때문이구나. 아니, 그것도 그렇지만 니가 콘소메에 어떤 냄새를 추가로 분비하고 있기 때문이다. 페로몬인가?

귀 바로 옆에서 숨을 들이마시는 소리가 들리나 싶더니 갑자기 니가 나를 껴안았다.

발정 났나? 가까이 다가온 그의 입술은 살짝 돌출되어 있어, 과장이 아니라 꼭 만화에 나오는 문어처럼 보였다.

……빨판!

니를 힘껏 밀쳐 낸 나는 신발과 가방을 들고 크로켓 냄새가 여전한 방에서 뛰쳐나갔다.

이튿날 점심시간에 니가 회사 옥상으로 불러냈을 때는 이미 머리가 맑아져 있었다. 그래서 어제처럼 두근거리진 않았지만, 니의 입술을 보자 다시 그것이 다가오면 어쩌나 싶어서 불안해졌다.

"어쩐지 기운이 없어 보이네. 괜히 불러냈나?"

"아니, 괜찮아."

나는 회사 유니폼, 니는 양복을 입고 있는데도 우리는 아직 고등학생 같은 분위기다. 회사 옥상이라는 곳도 고층 빌딩이 주변을 둘러싸고 있음에도 불구하고 어딘가 유치해 보이는 장소로, 니와 나밖에 없었다. 옥상은 지금까지 와 본 적이 없었는데, 이럴 때 쓰는 곳이구나.

"미안해, 내가 잘못했어. 어제 혼자 집에서 반성했어. 또 조바심을 낸 나머지 깜짝 놀라게 하고 말았네."

난 고개를 저었다. 적어도 입술이라는, 인간에게 중요한 신체 부위를 보고 문어 입이니 빨판 같은 걸 떠올린 나야말로 면목이 없었다. 니가 다가오기에 주뼛주뼛 껴안아 보니 그의 양복에서 회사 냄새가 났다. 남자와 껴안은 것은 처음이었다. 하지만 나 혼자 상상했던, 몸이 떨려오는 듯한 감동은 느껴지지 않았다. 그 대신 술래잡기에서 마지막 남은 한 사람이 돼 도망칠 곳을 찾아 허둥대다가 결국 술래의 손이 어깨에 닿았을 때처럼, 이제 도망치지 않아도 된다는 안도감과 붙잡혀서 실망한 마음이 한데 뒤섞여 후유, 하고 한숨을 내쉬고 싶었다. 나를 안은 니의 팔에 힘이 들어가면서 그의 감정이 고조되는 게 느껴지자 살짝 기분이 좋아졌다.

"어쨌든 구루미 씨가 이것저것 가르쳐 줬는데, 나는 중요한 타이밍에 항상 조바심을 내서 요시카를 곤란하게 만들기만 했어."

그의 목소리는 들뜬 마음과 수줍은 마음으로 인해 적절하게 상기되어 있었다. 하지만 나는 그의 말에 불길한 예감이 들었다.

"구루미의 충고라니, 내가 결혼하고 싶어 한다는 것 말고도 아직 뭐가 더 남았어?"

"응, 요시카는 지금까지 남자 친구를 사귄 적이 없으니까 그걸 유념해서 공략하라고."

나는 천천히 니에게서 멀어졌다. 말도 안 돼.

"실은 나 요시카에게 데이트 신청을 하기 전에 구루미 씨에게 요시카에게 애인이 있는지 물어봤어. 그때 가르쳐 준 거야. 지금까지 아무하고도 사귄 적이 없다니, 정말 의외였어. 이상하게 들리겠지만 그런 면도 좋군, 귀엽네, 라고 생각한 것도 사실이야."

니를 대할 때는 경험이 없는 여자라는 사실이 탄로 나지 않도록 필사적으로 그럴싸하게 꾸며 왔건만, 처음부터 들킨 상태였다. 게다가 그 사실을 니가 나보다 우위에 서서 귀엽다고 생각했다고? 소름이 돋는다. 내 키와 비슷한 길이의 붓에 먹물을 가득 묻혀 옥상 콘크리트 지면에 '바보'라고 휘갈기고 싶었다.

"아, 오해는 하지 마. 구루미 씨는 나랑 요시카가 잘되도록 신경을 써 줬을 뿐이니까."

구루미는 내가 비밀로 해 줬으면 한 이야기를 별생각 없이 니에게 말해 버릴 만큼 둔한 여자가 아니다. 틀림없이 고의적이야. 그렇다면 응원하는 척하면서 처음부터 나를 밟아 버릴 생각이었던 건가? 처음으로 인기를 끌어 한없이 들뜬 내 집요한 연애 토크에 사실은 짜증이 났던 거군, 미안합니다. 하지만 너무해. 자기는 결혼 따위에 전혀 조바심 내지 않는 여유 있는 여자인 척하면서, 나는 조금이라도 조건 좋은 남자를 노리는 취집녀처럼 이야기하고, 또 고령의 처녀라는 사실까지 털어놓다니.

고개를 숙인 채 내가 아무 대답도 하지 않자 니가 내 얼굴을 들여다봤다.

"앗, 내가 뭐 이상한 얘기라도 한 거야?"

"아니, 괜찮아." 나는 고개를 들었다. "하지만 잘됐어. 지금 한 말을 듣고 드디어 결심했거든."

"응?"

"실은 중학생 때부터 좋아하는 사람이 있어. 내내 머릿속에 그 사람밖에 없어서 다른 남자랑 사귀고 싶지 않았던 거야. 경험이 없는 건 그 때문이지."

윙윙, 하고 귀 안쪽에서 요란한 소리가 들려왔다. 그것은 내 피가 부끄러움으로 달아오르는 소리였다.

"하지만 최근 동창회에서 다시 만났어. 그도 도쿄에 올라왔다는 사실을 알고 한 달에 한 번 정도 동급생이었던 다른 아이들과 함께 어울리게 됐지. 지금은 짝사랑이지만, 이제부터 나를 돌아보게끔 노력할 생각이야."

니의 표정이 굳어졌다. 거짓말은 들켰을 때 사람에게 상처를 준다. 하지만 솔직히 말하는 것도 때로는 사람에게 똑같이 상처를 준다.

니가 말했지, 거짓말은 싫다고. 진실은 이런 거야.

"나를 좋아한다고 말해 줘서, 그리고 상냥하게 대해 줘서 나는 너무 기뻤어. 나도 좋아할 수 있을 것 같다는 생각에 집에도 놀러가고 했지만, 역시 나는 짝사랑하는 사람을 잊을 수 없을 것 같아. 미안해."

8

혼자 옥상에서 내려와 휴게실에 가는 대신 화장실에 틀어박혔다.

혼란스러웠다.

너무 혼란스러워서 아둔한 머리가 터질 것 같다. 괴로워. 아프지 않다면 정말 손목을 그을 것이다. 이상한 생각이지만, 죽는다는 게 아프거나 괴로워서 다행이다. 만약 아픔의 공포가 없었다면 난 너무 하찮은 이런 이유로도 목숨을 끊었겠지.

구루미가 회사 사람들에게 나에 대해 얼마나 정보를 흘렸을지 생각만 해도 이제 이 회사에서 일하고 싶지 않을 만

큼 우울해진다. 물론 구루미 본인과도 얼굴을 마주하고 싶
지 않다. 그녀는 같은 부서에 근무하는 동기로, 사무실에 돌
아가면 피할 수 없다. 구루미를 마음속으로 욕하는 데는 니
의 경우와는 달리 망설임이 있었다. 나는 그녀를 좋아했고,
회사에서 유일하게 이야기할 수 있는 친구를 싫어하게 되면
회사에 오는 의미가 정말 사라져 버리기 때문이다. 내가 처
녀라는 사실을 니는 몰랐으면 좋겠다고 구루미에게 말했던
가? 응, 말했어. 그런데 구루미가 그걸 폭로했다는 건 고의
적이야. 구루미는 약속을 깜박했다고, 또는 무심코 잘못 말
했다고 할지도 몰라. 하지만 고의적이야. 구루미는 결코 그
런 부주의한 여자가 아니니까. 내게는 아주 민감한 문제라
는 걸 알면서도 술자리에서 그걸 말해 버릴 만큼 멍청하지
않으니까. 니라면 속일 수 있을지도 모르지만 동성인 내게
는 통하지 않아. 아니면 나랑 사이가 틀어져도 구루미는 딱
히 아무렇지 않은 걸까?

　니도 싫다. 내 정조를 귀엽다고 생각하는 남자는 극혐이
야. 빨간 포스트잇을 매단 너를 발견했어, 네 아래쪽 포스트
잇도 내가 떼어 줄게, 라는 건가? 제정신이야?

아니, 침착하자. 제정신이 아닌 것은 나다. 니는 아무 말도 안 했는데, 마치 내 귓가에 대고 속삭인 것처럼 니의 목소리가 머릿속에서 재생되다니. 스스로도 처녀라는 게 좀 자랑스러웠는데 나의 그런 점이 니의 흥미를 불러일으켰다고 생각하니, 브래지어를 안 한 티셔츠 위로 튀어나온 내 유두를 다른 사람이 응시했을 때처럼 부끄러워서 미칠 것 같다. 지금 당장 시부야(渋谷) 모아이상 앞을 어슬렁거리며 인터넷 채팅 사이트를 통해 만난 여성을 기다리는 남자를 가로채 마루야마초(円山町) 근처 러브호텔에서 냉큼 처녀 딱지를 떼고 싶다.

이치도 더 이상 내 마음의 버팀목이 돼 주지 않는다. 왜 내 이름도 기억하지 못하는 거지? 뭐, 잘 생각해 보면 이야기한 적도 거의 없으니 당연한 일일지도 모르지만, 난 상처받았어. 그러고 보니 기무라 군이나 히라타 씨가 내 이름을 부르는 것도 들은 적이 없군. 아차, 모두 내가 누구였는지 잊어버렸구나. 동창회 때는 간사가 없어서 자기소개 할 시간이 없었어. 모두 오래된 지인이라 이름을 기억하는 게 당연한 것 같은 분위기에서 동창회가 시작된 바람에 새삼 내 이름을 물을 수 없었던 거야. 모두 나를 그냥 교실 한구석에 있던, 이름은 기억나지 않는 녀석 정도로 받아들였던 거겠지. 새삼 내 존재의 희미함을 깨달았다. 남의 이름을 사용해서 동창회를 연 벌을 받은 것일지도 모른다.

이제 됐어, 사랑하고 있는 나에게 미(美)가 있으니까. 이치는 어차피 사람인걸. 어차피 포유류라고. 내 안에서 12년 동안 키워 온 사랑이야말로 진정 아름다운 거야. 이치 따위 멋대로 떨고 있으라지.

대부분의 동물은 멸종하지 않기 위해 환경에 맞춰 진화해 간다. 하지만 이성을 사로잡기 위한 진화에 특화된 탓에, 거꾸로 천적으로부터 쉽게 도망치지 못하고 멸종의 가능성을 높이는 쪽으로 진화하는 동물도 있다. 외모를 돋보이게 해서 암컷에게 인기를 끌고 싶다는 이유로 지나치게 뿔을 키워 멸종한 큰뿔사슴. 구애를 위해 꼬리가 지나치게 길어진 왕관푸른목도리꿩은 쉽게 천적의 먹잇감이 되어 멸종 직전이다. 인간도 마찬가지랄까, 나 역시 그중 하나가 되고 말 것 같다. 좋아하는 사람과 결혼하고 싶다는 생각에만 빠진 나머지, 점점 나이를 먹어 생식의 기회를 놓치려고 하고 있다. 틀림없이 생식 촉진효과가 있을 사랑이 반대로 자손 번영을 저해하고 있는 것이다. 나도 도도새처럼 멸망해 가는 종인 걸까? 그렇다면 니는 나를 멸종에서 구해 주는 보호관찰원인 걸까?

구루미가 나를 찾아 화장실 문을 두드렸지만 나가지 않았다.

더 이상 믿을 수 없는 구루미와 같이 다니기도 싫고, 에토 씨는 필사적으로 결혼 상대를 찾고 있다고 소문이 난 영업 과에 전표 영수증을 돌려주러 가기도 싫다. 왜냐하면 그건 헛소문이기는커녕 완벽한 사실이기 때문에, 지금 나의 탐욕 스러운 내면을 멋지게 폭로하는 소문이기 때문이다. 유약하다는 소릴 들어도 좋아, 나는 이제 회사에 가고 싶지 않아. 하지만 그만두고 싶진 않은데. 마음이 진정될 때까지만 장기 휴가를 내고 싶어. 하지만 경리과에서 유급 휴가는 모아서 한꺼번에 쓰지 않는 게 암묵적인 룰이니 이를 어쩌면 좋지?

"왜 그래? 어디 안 좋아?"

뒤늦게 사무실로 돌아온 나의 심상치 않은 모습에, 구루미가 내 어깨를 붙잡고 걱정스러운 듯이 살펴본다.

"입덧⋯⋯."

나도 모르게 말이 굴러 나왔다. 입에 올리기까지는 생각
도 못했는데, 좋아. 이걸로 하겠어. 지금부터 나는 임신한 비
(非)처녀야.

"뭐? 거짓말. 진짜야?"

"응. 좀 아까부터⋯⋯ 너무 심해서."

구루미 따위가 치근대는 걸 참을 수 없다는 듯이, 놀라서
이것저것 물어보려는 그녀를 무시하고 컴퓨터 앞에 앉았다.
속이 좋지 않은 것처럼 침을 삼키는 연기도 잊지 않는다. 경
사스러운 임신에서 처음으로 구루미를 앞질렀다고, 나는 거
짓말임에도 불구하고 만족하고 있었다.

집에 돌아와서 고타쓰(こたつ, 화로식 열원이 설치된 테이블에
담요를 씌운 일본의 대표적 난방기구—옮긴이)에 씌운 이불 속에
발을 찔러 넣고 오피스 문서 전용 사이트에서 산전산후 휴
가 신고서를 다운받아 출력했다. 그리고 신고서에 볼펜으로
휴대용 계산기를 이용해 계산한 출산 예정일을 써넣었더니
대단히 후련했다.

"완성!"

간단한 사항을 써넣기만 한 서류였지만, 모든 칸을 채우고 도장을 찍자 그럴듯해 보였다. 작게 당구장 표시가 붙어 있는 '담당의의 진단서를 첨부할 것'이라는 주의사항은 지킬 수 없었지만 말이다. 그나저나 이건 어떻게 하지? 나에게 배 속에 없는 아이의 진단서를 써 줄 만큼 막역한 사이의 의사는 당연히 한 사람도 없다. 우선 이렇게 제출하고, 나중에 진단서를 우편으로 보내겠다고 하면 될까?

부디 내가 가짜 임신으로 회사를 쉬는 첫 일본 여성이 되게 해 주세요. 네 아이라고 남자를 협박하기 위해서가 아니라 회사를 쉬고 싶어서 위장 임신을 하다니, 혹시 거짓말이 들통나서 회사에서 잘리고 이게 뉴스로 보도된다면, 일본 여성의 사회 진출 양상을 내 힘으로 일보 진전시킬 수 있을 것 같다. 물론 안 좋은 방향으로.

나와 구루미는 아무리 시간이 지나도 후배가 들어오지 않는 부서 소속이다. 아직도 둘이서 신입 역할을 담당하고 있기 때문에 내가 사라지면 그녀는 힘에 부칠 것이다. 직원들 전원이 먹을 간식을 사고, 우편물을 가지러 가고, 차를 준비하고, 사보를 나눠 주고, 커피 서버를 닦고, 팩스 카트리지가 다 되면 서무실까지 가지러 가고. 이걸 전부 해야 한다. 그녀라면 남자 사원의 도움을 받을 수 있을지도 모르지만.

애초에 유급 휴가만 쉽게 받을 수 있다면 이런 거짓말을 할 필요가 없었다. 그러나 경리는 각 부서의 정산서나 영업과의 전표가 올라오고 난 후에만 움직일 수 있기 때문에 미리 일을 마칠 수도 없고, 월말에는 반드시 청구서 금액을 거래처별로 정리해서 입금해야 하기 때문에 일을 쌓아 둘 수도 없는, 대단히 성가신 업무다. 따라서 쉬고 싶어도 전날 열심히 해서 한 번에 일을 정리할 수도 없고, 쉬고 나서 정리하고 싶어도 마감 기한이 다가온다. 결국 쉴 거면 자기 일을 누군가에게 부탁해서 대신 처리하게 하는 수밖에 없다. 새로운 일거리를 찾아내는 게 아니라, 스케줄을 관리하면서 달력에 마감일을 써넣고 올라오지 않은 서류를 재촉할 수밖에 없다. 그래서 경리과 사람들은 영업과와 달리 장기 휴가를 쓰는 사람이 거의 없다. 나도 입사한 뒤 반차만 냈을 뿐, 해외여행 같은 건 한 번도 간 적이 없었다. 유급 휴가는 거의 쓰지 않는 사이에 3년마다 리셋. 엄마, 내 유급 휴가는 도대체 어디로 간 걸까? 소화시킨 거야. 누가? 누구긴 누구야, 회사지.

도대체가 항상 마음에 들지 않았어. 어째서 임신한 여자만 쉴 수 있는 거야? 신혼여행 휴가도, 육아 휴가도, 기혼자는 당연한 것처럼 쓰는데, 그럼 결혼하지 않는 사람에게도 '자기 인생을 천천히 재검토하는 휴가'를 쓰게 해 줬으면 좋겠어. 어떤 의미에서 육아 휴가와 마찬가지의 필요성이 있으니까.

너무나도 기가 셀 것 같은, 학생 때였다면 틀림없이 나를 아래로 봤을 것 같은 타입의 회사 선배가 쓱 결혼하더니 임신을 하고, 나는 출산 휴가를 간 그녀의 일을 떠맡고, 과에서 챙긴 출산 축하 선물을 건넸을 때는 걷잡을 수 없이 복잡한 기분이 들었다. 어쩐지 나는 항상 축하를 하는 입장이고, 축하를 받는 입장이 된 적이 없는 것 같다. 드물게 축하를 받아도 나를 축하하는 의식은 다른 사람에 비해 담박했던 것 같다. 그저 내가 삐뚤어진 것이겠지만…….

학창 시절의 나였다면 처녀라는 소문이 퍼지는데도 벌벌

떨면서 계속 회사에 다니고, 구루미는 마음속으로는 미워하면서도 여태까지처럼 웃는 얼굴로 대하고, 니와는 그가 눈치 채지 못하도록 조금씩 멀어지며 끝냈을 것이다. 하지만 지금의 나는 그 정도로 순진무구하지는 않다. 마음은 여전히 유약하지만, 고통을 참을 만큼 사람이 좋진 않다.

중학교 때도 고등학교 때도 나는 기가 센 여자가 무서웠다. 그녀들은 눈에 띄지 않고 조용히 교실 한구석에서 살고 있는 나를 야성적인 본능으로 금세 찾아냈다. 내가 허세를 부리며 강한 척해 봤자, 그녀들은 그게 허세라는 걸 본능적으로 눈치 챘다. 그리고 자기가 더 세다는 걸 넌지시 보여주기 위해 나를 우스꽝스러운 사람으로 낙인찍어 괴롭혔다.

야성적인 본능을 무시하고 상대보다 위에 서려고 해봤자 절대 잘되지 않는다. 그래도 최근에는 서로 만나자마자 야성적인 본능으로 우열을 결정하는 순간, 인간이 중시하는 것은 상대방의 인간적인 그릇의 크기나 높은 신체 능력이 아니라고 생각하게 되었다. 상대방의 내면에 얼마나 많은 악이 들어차 있는지, 또 지켜야 할 게 얼마나 적은지로 모든 것이 결정된다. 간단한 예를 들면, 성실한 여자가 갸루(ギャ

ル, 독특한 패션 · 생활 방식 등을 동시대 문화로 공유하는 젊은 여성들—옮긴이)인 여자에게 지는 것은 갸루인 여자가 더 완력이 셀 것 같아서가 아니라, 갸루인 여자가 더 악랄하고 무서운 게 없기 때문이다. 한편 못된 짓을 한 적이 별로 없는 성실한 여자는 우등생의 지위라든가 평화로운 학창 생활 등, 지키고 싶은 것이 많기 때문에 약하다.

못된 쪽이 강하다. 26년 동안 살아오며 도달한 결론이 이거라고 생각하니 한심해서 눈물이 다 난다. 하지만 그렇게 생각하게 된 데에는 근거가 있다. 요즘 나는 내 안을 차지하는 악의 비율이 커진 탓에 나 자신이 꽤 강해진 것 같은 느낌이다. 타인의 악의가 무서웠던 것은 그들이 왜 그런 짓을 하는지 전혀 이해할 수 없었기 때문이다. 하지만 지금은 내 안에 있는 감정에 비춰 보기만 하면 타인의 악의를 충분히 해석할 수 있다. 실행에는 옮기지 않더라도, 마음속으로 상대방에게 같은 악의를 가질 수도 있다.

지금까지 나는 스스로 착한 척을 하고 있었다. 놀림을 받아도 그저 억울할 뿐이고, 여차해서 상대방에게 복수로 욕을 하려고 해도 욕이 떠오르지 않는, 가련한 여자라고 나를 믿고 있었다. 사실 옛날에는 그랬을지도 모른다. 하지만 지금은 다르다.

익숙한 문 앞에 서서 내 사악함의 결정체인 산전산후 휴가 신고서가 든 파일을 꽉 거머쥔다. 거짓말만 써놓은 서류를 제출해서 회사를 쉬다니, 이 얼마나 악랄한 일인가. 게다가 혹시 들통이 나도 회사를 그만두면 된다고 생각하니 더 이상 지켜야 할 것도 없다. 좋아, 이길 수 있어, 이거라면 틀림없이 이길 수 있어.

뭘?

나는 마치 나 자신에게 복수를 하고 있는 것 같다. 손에서 나는 이 땀의 양은 심상치 않아. 어마어마한 스트레스야. 어제 생각한 대로 기세 좋게 산전산후 휴가 신고서를 들고 회사까지 왔지만, 냉정하게 생각하면 굳이 실행할 필요가 있을까? 왜냐하면 리스크가 너무 크고 사회인으로 실격이니까. 지금까지 아무리 힘들어도 출근을 강행해 구축한 있을까 말까 한 프라이드가 이 신고서 하나 때문에 모두 붕괴되는 거야. 신고서는 제출하지 말고 그저 지각했다는 이유로 상사에게 혼이나 좀 나고, 평소대로 일을 처리한 뒤 집에 가서 이불 덮고 자는 게 훨씬 행복해.

아니, 안 돼. 그럼 나는 지금까지 그랬듯이 남의 비웃음을 살 거야. 못돼져야 해. 비겁한 수단을 써서라도 고통은 피할 수 있도록 해야 해.

하지만 역시 경리과 문을 열 수 없었다. 한 손에 신고서를 든 채 우두커니 서서 문 앞에 돌처럼 굳어져 있었다. 입덧이 심하다는 거짓말이 리얼해 보이도록 일부러 회사를 지각했지만, 그냥도 마음이 무거운데 지각까지 하다니 실수야. 장애물이 높아지고 말았잖아. 문 너머에서 모두가 이미 일을 시작했다고 생각하니 들어가기만 해도 이목이 집중될 것 같아 도저히 열 수가 없었다. 과장님께 임신 이야기를 하면 동료들은 안 듣는 척하면서 빠짐없이 다 들을 것이다. 대부분 거짓말로 점철된 이야기를 해야 하는데 과연 잘될까? 과장님이 별실에서 내 이야기를 들어 주면 좋을 텐데.

"실례합니다."

뒤에서 목소리가 들려왔다. 다른 과 사람이 경리과에 들어가려고 하고 있었다.

"아, 들어가세요."

나는 아주 자연스럽게 경리과 문을 열어 그 사람과 함께 안으로 들어갔다.

질릴 만큼 오갔던 사무실이 평소와 달라 보인다. 내일도, 모레도, 어쩌면 앞으로 쭉 오지 않게 될지도 모를 위험성을 내포한 상황에서 보는 사무실은 갑자기 감상적이고, 둘도 없이 소중한 장소로 비춰졌다.

보람이나 동기, 가령 '이런 일을 하고 싶어서 회사에 간다'든가 '경리과 여러분과 힘을 합쳐 좋은 결과를 남기고 싶어서 분발한다'는 게 없어도, 그저 습관적으로 회사에 다닐 수 있다고 깨달은 것은 입사 2년째 무렵이었다. 딱히 하고 싶은 것이 없어 돈을 벌기 위해 타성에 젖어 다니고 있을 뿐이라고 생각했지만, 오늘은 다르다.

시간이 지남에 따라 구질구질하고 복잡해진 관계의 경리과 멤버들을 보면서, 평소에는 또 이 사람들인가 하고 진저리를 치고는 했다. 하지만 지금은 그들의 얼굴마저 신선해 보인다. 시선만 컴퓨터에서 돌려 나를 발견한 선배 중 한 사람이 무뚝뚝한 표정으로 시늉뿐인 인사를 한다. 그걸 보고 깨닫는다. 우리는 회사에 진저리를 치면서도 그 절대적인 거처에 응석을 부리며 의지하고 있다.

불황이니까 언제 그만둬도 이상할 게 없다는 걸 머릿속으로는 알고 있지만, 매일 다니는 사이에 익숙해져서 안심하게 된다. 단지 회사에 가는 것이 오늘도 내일도 계속된다고 알고 있기 때문에 진저리를 치는 것이다. 그러나 회사를 그만두는 운명의 갈림길에 서서야 비로소 알게 됐다, 내가 이 거처에 얼마나 의지하고 있었는지를.

그렇다, 여기는 내가 고생해서 발견한 거처인 것이다. 그만두니 마니 말은 쉽지만, 다시 새로운 일자리를 찾아낼 확률은 낮다. 그래, 신고서 같은 건 제출하지 말자. 평소처럼 일하고 집에 가서 미리 사 둔 마루짱(マルちゃん, 면요리 브랜드—옮긴이) 면으로 야키소바를 만들어 먹고 자자. 면은 세 개나 있으니까 양배추를 많이 넣으면 4인분 정도는 될 테고, 그럼 내일은 아무것도 안 만들어도 되니까 다행이야. 오늘은 그런 하루면 충분하지 않을까? 평소와 다르지 않은 하루. 평온한 하루.

평소의 내 자리로 돌아가자. 우선 과장님께 지각했다고 사과해야지.

창문 가까이 제일 안쪽에 있는 과장님 자리까지 갔다. 그러자 내가 말을 걸기도 전에 과장님이 재빨리 나를 응시했다.

"아, 에토 씨, 몸이 안 좋다며?"

"네, 지각해서 죄송합니다."

"다 나았으면 빨리 일 시작해."

과장님은 자못 바쁜 듯이 잽싸게 내게서 시선을 돌려 책상 위 서류를 바라본다. 좀 전까지 했던 약해 빠진 생각이 쨍, 소리를 내며 진로를 변경했다.

"그전에 말씀드릴 게 있는데요."

과장님 책상에 파일에서 꺼낸 산전산후 휴가 신고서를 올려놓았다.

"임신으로 입덧이 심해서 출산 휴가를 쓰고 싶습니다."

말에 막힘이 없다. 하지만 손끝은 떨리고 있었다. 사악하기보다는 막다른 곳에 몰린 기가 약한 사람 그 자체다.

"출산 휴가?" 깜짝 놀라면서도 과장님은 이미 자리에서 일어나 있었다. "이쪽에서 이야기하지."

사무실에 인접한 응접실 의자에 앉을 때, 과장님은 내 배

근처를 유심히 보고 있었다. 사실은 아기가 없어서 조금도 부풀지 않은, 아니, 아기 말고 다른 나의 결실로 조금은 부풀어 있는 내 배를.

"아니, 너무 갑작스럽군. 속도위반 결혼이라도 하는 거야?"

"아니요, 결혼할지 말지는 아직 정하지 않았어요."

과장님이 복잡한 사정에는 끼어들고 싶지 않다는 듯이 얼굴을 찌푸렸다.

"그래서 앞으로 어떻게 할 생각인가?"

"어쨌든 입덧이 심해서요. 갑자기 이런 말씀 드려서 죄송하지만, 오늘 오후부터 휴가를 낼 수 없을까요? 진단서는 차후 회사에 우편으로 보내겠습니다."

"아니, 아직 신고서는 필요 없어. 필요 없다기보다 입덧 정도의 단계에서 출산 휴가를 줄 수는 없네. 유급 휴가로 처리해서 쉬도록 해. 그리고 입덧이 끝나는 대로 다시 나오게."

모처럼 써 왔는데 뭐야, 시시하게. 신고서를 다시 파일에 넣었다. 어쨌든 입덧이 끝나면 다시 일하게 해 주지, 라니

무시무시한 회사군. 살면서 여자가 몇 번이나 아이를 낳는다고 저러는 거야? 출산율이 감소하면서 기껏해야 한두 번, 많아야 세 번 정도일 뿐인데. 잘되면 백 년은 살지도 모르는 목숨을 배 속에서 키우고 있으니 이럴 때 정도는 푹 쉬게 해주면 좋잖아. 물론 지금 내 배 속에는 오늘 아침에 먹은 식빵밖에 없지만.

"축하할 일이긴 하지만, 회사로서는 곤란하군. 예전에 요시오카(吉岡) 씨가 산휴를 쓴 것도 출산 예정일 2주 전부터였지? 입덧이 그렇게 심해? 간단한 업무는 처리할 수 있지 않나?"

"죄송합니다. 이번 휴가로 회사에 폐를 끼치고 싶진 않아요. 필요하면 퇴직원을 제출하겠습니다."

"아니, 그만두라고 한 건 아니야."

당황한 나머지 말을 정정한 과장님의 눈동자가 흔들렸다. 임신을 이유로 여사원을 해고한 게 되면 소문이 좋지 않을 것이다. 나는 거침없이 그만둬도 좋다고 한 나 자신에게 놀라고 있었다. 그리고 그 말이 입에서 튀어나왔을 때, 역시 난 회사를 그만두고 싶었다는 걸 재확인할 수 있었다.

"일단 오늘은 쉬게. 수고했어."

아기 이름은 뭘로 할 건가? 라고 물으면 '남자든 여자든 바다 해(海), 맑을 청(晴)을 써서 하루미라고 할 생각입니다. 아빠가 될 남자 친구랑 제가 모두 바다를 좋아해서요'라고 대답할 생각이었는데, 과장님은 묻지 않았다.

"요시카~ 괜찮아?"

내 자리로 돌아오자 걱정하는 척하며 말을 걸어온 구루미와 눈을 맞추지 않고 속삭였다.

"괜찮아. 과장님께 임신이라고 얘기하고 왔어. 입덧이 심해서 이제부터 회사를 쉴 거야. 갑자기 이렇게 돼서 미안."

"회사를 쉴 정도로 심하구나. 큰일이네." 구루미는 손으로 입가를 눌렀지만, 큰 눈은 호기심으로 반짝이고 있었다.

"그래서 아빠가 누구야?"

"누구면 어때? 구루미랑은 상관없잖아."

나도 모르게 내뱉듯이 말하자 구루미가 움찔하며 물러나더니 침묵했다. 종이상자에 내 책상 속 소지품을 채우고 있으니 다른 사원들이 내 쪽을 흘깃거리며 보고 있다. 하지만 사정을 알고 있다는 듯 말을 걸어오진 않는다. 내 임신 소식이 이미 퍼져 있는 것 같다. 모두가 일을 하는 와중에 혼자 돌아갈 준비를 하고 있으니 대단히 유쾌하다. 제일 먼저 여름 방학을 맞이한 기분이다. 여름 방학이 시작되는 종업식 날처럼 많은 소지품을 손가방에 꽉꽉 채워 넣고 야마노테(山手) 선을 타니, 초등학교 방학 때 했던 자유 연구처럼 나팔꽃 화분이나 사서 키우며 관찰일기라도 써 볼까 싶을 만큼 기분이 고조됐다. 어제 화장실에서 울었던 것조차 입덧으로 포장해 거짓말에 보태다니, 동창회 때도 그렇고 나 자신의 교묘한 거짓말에 으쓱해지는 기분이다.

사무실과 마찬가지로 전철의 풍경도 평소와 달라 보인다. 타고 있는 시간대가 다르기 때문이겠지만, 오후 햇살이 비치는 차내는 승객이 적고 지나치게 조용해서 어딘가 모르게 비현실적이다. 오랜만에 맛보는 진정한 자유. 순간의 자유가 아니라 현재 아무 예정도 없는 진정한 자유. 어느 역에서 내려도 좋아. 계속 타고 있어도 상관없지.

차내에 있는 사람들 모두에게 제각각 행선지가 있는 것이 신기했다. 도착역 안내방송을 들은 사람들이 재빨리 표정을 가다듬으며 역에서 내릴 때마다 따돌림을 당하는 기분이었다. 별생각 없이 우리 집이 있는 역에서 세 정거장을 더 가서 내렸는데, 그 역이 있는 동네에 아무런 흥미도 생기지 않았다. 개찰구 밖으로 나갈 마음조차 들지 않아서, 잠시 명하니 있다가 반대 방향 전철을 타고 되돌아왔다.

집에 오니 피곤해서 녹초가 됐다. 이튿날 늦잠을 자고 일어난 후에도 아무것도 하고 싶지 않았다. 생각은 '만에 하나 동네를 어슬렁거리는 회사 사람 눈에 띄어 거짓말이 탄로 나면 큰일이니 고향으로 돌아가자'에서 '안 들키게 집에 틀어박혀 있으면 되지'로 바뀌었다. 나팔꽃은커녕 나 자신을 먹여 살리기도 귀찮다.

회사를 쉬면 난 뭘 하고 싶었던 걸까. 하고 싶은 건 틀림없이 가득 쌓여 있었다. 하지만 모처럼 자유의 몸이 되니 뭘 하고 싶었는지 하나도 떠오르지 않는다.

고타쓰에 앉아 그대로 꼼짝도 하지 않고 희고 네모난 천장을 명하니 바라보았다. 냄비 야키우동을 먹을 때도, 시끄럽기만 한 TV 프로그램을 볼 때도 누구의 얼굴 하나 떠오르지 않는다.

지금까지는 머릿속이 텅 비면 기억 안쪽에서 이치에 대

한 기억을 끄집어내곤 했다. 히죽거리며 기억을 반추하는 것이 나의 습관이었다. 하지만 이제는 어디를 찾아봐도 예전 이치의 기억은 보이지 않는다. 옛날의 그를 소환하려고 하면 어른이 되어 재회한 이치가 튀어나온다. 그리고 그 기억은 내 가슴을 쿡쿡 찌르며 나를 안타깝게 할 뿐, 히죽거리게 하진 않는다.

하지만 그와 재회한 것에 후회는 없다. 추억은 아름다운 채로 간직하라니, 의식적이고 작위적으로 이를 지켜 내려고 하는 순간 바로 연기가 개입된다. 아름다운 채로 간직하고 싶다는 건 사실 더 이상 그것이 아름다운 추억이 아님을 은연중에 알고 있기 때문이다. 알면서 모른 척을 하다니, 그건 오히려 추억에 대한 실례야. 그렇기 때문에 후회는 없어. 다만 쓸쓸할 따름이지.

떠올릴 수 있는 사람이 없다는 건 고독한 일이다. 고독한 현실, 아직껏 동거 한번 안 해 보고 혼자 살고 주말에 같이 놀 사람이 없는 현실을 견딜 수 있었던 건 적어도 머릿속에서는 혼자가 아니었기 때문이다.

그래, 머릿속에 니를 소환하자. 고타쓰 테이블 위에 한쪽

뺨을 괴고 니를 떠올려 본다. 하지만 그를 떠올려도 안타깝기만 할 뿐, 행복한 기분은 느낄 수 없다. 모처럼 인생 최초로 인기를 끌었던 즐거운 기억이 옥상에서 마지막으로 본 니의 놀라는 표정에 모두 지워져 전혀 유쾌하지 않다.

밖에서는 여섯 시를 알리는 '저녁노을이 희미해지는 노래(夕焼け小焼けのうた, 1923년에 발표된, 친숙한 동요 중 하나—옮긴이)'가 울려 퍼졌다. 슬슬 회사가 끝날 시간이다. 내 사정을 알게 된 니가 전화를 걸어올지도 모른다.

임신 사실이 탄로 나면 그가 틀림없이 화를 낼 테니 전화는 받고 싶지 않다. 회사에서 나오자마자 전원을 끈 휴대폰은 완전히 죽은 상태로, 여전히 가방 속에 있다. 전화가 연결되지 않는다는 걸 알면 니는 점점 더 화가 나 몇 번이고 다시 걸거나, 전화를 받으라고 협박성 문자를 보낼지도 모른다.

이제는 질린 DS 소프트를 완전 공략하며 시간을 보냈다. 밤 열두 시 반이 돼서야 간신히 이를 닦으면서, 수신 내역만 체크하려고 휴대폰을 켰다. 3일 만에 켰음에도 불구하고 걸려온 전화나 문자는 하나도 없었다.

칫솔을 입에 물고 방구석에 우두커니 서서 텅 빈 휴대폰 대기 화면을 응시했다. '무궁화꽃이 피었습니다'에서 술래가 되어 목에 힘을 주고 '무궁화 꽃~ 이 피었습니다!'를 외치며 돌아보니 아무도 없는 것 같은 심정이다.

니는 아직 내 얘기를 못 들었을지도 몰라. 아니면 충격을 받은 나머지 오늘은 전화를 걸 수 없었을지도 모르지.

다음 날도 일어나자마자 휴대폰을 켰지만 걸려온 전화는 없었다. 전원을 껐을 때 착신이 남지 않는 설정이 되어 있나 싶어서 휴대폰 전원을 끄고 집 전화로 휴대폰에 전화를 걸었다. 그리고 다시 휴대폰을 켰더니 곧장 '부재중 수신 1건'을 알리는 문자가 왔다. 휴대폰은 정상이다.

그날 밤까지 문자가 오지 않아서 이튿날부터는 휴대폰을 계속 켜 두었지만, 휴대폰은 내내 쥐 죽은 듯 조용했다. 그러자 드디어 사태가 이해되기 시작했다.

이제 니는 나를 포기한 것이다.

옥상에서 이야기를 하기 전까지는 매일 문자나 전화로 연락을 했다. 따라서 연락이 뚝 끊겼다는 건 틀림없이 옥상에서 한 이야기나 내 임신 이야기와 관련이 있을 것이다. 아마 둘 다겠지. 그리고 두 이야기를 검토한 끝에, 니는 나를 포기하기로 결심했을 것이다. 아니, 그보다 이제는 질려서 더 이상 나를 좋아하지 않는 것이겠지.

휴대폰을 꽉 쥔 손발이 차갑게 식어 갔다. 도저히 잠들 수 있는 상황이 아니다. 불을 끄고 이불 속에 들어가도 금세 머리맡에 놓인 휴대폰을 열어 니에게서 전화가 오지 않았는지 확인하게 됐다.

다음 날 역시 방 안에서 한 발짝도 나갈 수 없었다. 니에게 전화를 하고 싶어 죽을 것 같았다. 우선은 상대의 기색을 살피고, 일의 경위를 솔직하게 이야기한 뒤 거짓말한 것을 사과하고 싶다. 그야말로 한순간이었지만, 나의 첫 남자 친구였던 사람이다. 한번은 니와 사귀어 봐도 좋을 거라는 생각이 든다. 그와 다시 만나면 그런 생각이 들지도 모른다.

회사를 쉰 지 닷새가 지난 오후, 처음으로 문자 수신음이 울렸을 때, 나는 부엌에서 잔뜩 쌓인 그릇을 설거지하고 있었다. 거품이 달라붙은 국자를 개수대에 내던지고 테이블에 놓아 둔 휴대폰을 붙잡았다.

문자를 보낸 사람은 니가 아니라 구루미였다.

'요시카, 임신 축하해! 일전에 직접 들었을 때 바로 축하한다고 말하지 못해서 미안. 너무 놀라서 말이지. 그리고 하나 마음에 걸리는 게 있는데, 임신 사실을 알려 줬을 때 요시카의 모습이 어딘가 평소와는 좀 달랐거든. 그게 자꾸 마음에 걸려. 나, 요시카한테 뭐 잘못한 거야? 전화를 걸어도 수신 거부 설정이 되어 있으니까, 혹시 날 무시하는 건가 싶어서. 내 착각이라면 미안해. 하지만 아무래도 마음에 걸리네. 어쨌든 임신 축하해. 틀림없이 멋진 아기가 태어날 거야!'

이모티콘 하나 없는 장문의 문자였다. 진지한 느낌에 속이 다 더부룩해졌다. 평소 다른 사람에게 문자를 보낼 때 얼마나 가벼운 분위기로 쓰고 있었는지 알 수 있을 정도로. 구루미의 문자를 읽고 제일 먼저 떠오른 것은 조심스럽게 상대방의 표정을 살피려 오는, 걱정스런 구루미의 얼굴이었다.

모두에게 나에 대해 말하고 다닌 걸 생각하면 아직 화가 나지만, 문자 속 '혹시 날 무시하는 건가 싶어서' 부분에서는 피식 웃고 말았다. 중학생 같아. 구루미는 의외로 중학생 같은 사람일지도. 그러고 보니 화장실 같은 데 같이 가는 걸 좋아하는 사람이었지. 점심도 항상 나랑 먹고 싶어 했으니까, 밀려나는 게 무서워서 그랬을지도 몰라. 문득 경리과 막내였던 구루미와 함께 서무실에서 경리과까지 팩스 용지를 옮기던 기억이 떠올랐다. 통 모양으로 둥글게 만 대량의 팩스 용지 다발을 잔뜩 끌어안고 가던 우리는 용지를 자꾸 바닥에 떨어뜨렸다. 그 모습이 너무 웃겨서 다시 용지를 끌어안으면서도 웃음이 멈추질 않았다. 한 쪽 펌프스가 벗겨질 때도 웃고 있던 구루미는 용지를 끌어안은 채 복도에 주저앉을 정도였다. 우리는 별것 아닌 웃음의 포인트가 비슷했다. 처녀와 비처녀의 차이 같은 건 신경 쓰이지 않을 정도로.

구루미의 문자를 읽은 후, 어찌된 일인지 니에 대한 생각도 함께 휘몰아쳤다.

어째서 나는 뭔가를 잃고 난 후에야 소중함을 깨닫는 걸까. 언제까지나 가질 수 있는 건 하나도 없는데. 아무리 내 것이 됐다고 한들, 극단적으로 말하면 우리는 죽을 때 아무것도 가져가지 못하고 홀로 죽는다.

하물며 한 사람을 완전히 손에 넣는 일은 절대 일어나지 않는다. 그런데도 나는 아무 근거도 없이 니의 애정을 받고 안심했다. 그는 언제까지나 나를 집요하게 쫓아올 거라고, 마음 한구석에서 믿어 의심치 않았다.

휴대폰 버튼을 눌러 니에게 전화를 건다. 호출음이 울렸지만 수신이 되지 않았다. 두 시간 후에 한 번 더 건다. 그러자 수신 거부로 설정됐는지, 통화 연결음 없이 바로 자동 응답기로 넘어갔다. 나와 이야기하고 싶지 않은 것이다. 수신 거부가 되자 알면서도 몇 차례 전화를 걸고 문자도 남겼다. 혹시 괜찮으면 퇴근하고 전화해 달라고.

전화를 걸 때마다 후회가 쌓인다. 이런 식으로 몇 번이고 전화를 걸 정도면 니와 직접 만나 이야기할 때 더 많이 받아 줄걸. 지금 내가 계속 전화를 걸고 있는 행위는 사실 간단히 할 수 있는 일이다. 내가 하고 싶어서 할 뿐이니까. 상대가 지금의 나와 같은 마음으로 다가왔을 때 이를 받아 주는 게 성격이 제멋대로인 내게는 몇 배나 더 어렵다. 내 마음은 무시하고 상대의 의향에 따르는 셈이기 때문이다. 하지만 한 번 더 기회가 주어진다면 반드시 보답해 보이겠어.

하지만 그날 밤에는 니를 비롯한 어느 누구도 전화를 하지 않았다. 도저히 참을 수가 없어서 엄마에게 전화를 했다.

"어머 요시카, 무슨 일이니?"

목소리를 듣자마자 눈물이 나서 손등으로 눈물을 닦았다. 도쿄에 막 올라왔을 무렵에는 지리도 익숙하지 않고 일도 잘 풀리지 않는다며 항상 전화를 걸어 엄마 목소리를 들었다. 그리고 우는 걸 눈치 채지 못하게 오열을 삼키며 아무렇지도 않은 척 이야기를 하곤 했지.

"엄마, 내가 잘못한 걸까?"

"뭘? 요시카, 너 우니?"

"나 회사에서 잘릴지도 몰라."

"무슨 일인데?"

"그게, 나도 모르게 발끈하는 바람에…….'

"대체 무슨 짓을 저지른 거야?"

가짜 임신이라니, 한심해서 도저히 말을 꺼낼 수가 없다. 나는 끝내 오열을 참지 못하고 실컷 울었다. 무슨 일이냐며 당황해서 허둥대는 엄마의 목소리가 들려왔다. 스물여섯 살이나 먹어서 멀리 떨어져 있는 엄마를 걱정시키다니, 나의 한심한 기록이 하나 더 갱신되었다.

"무슨 사정으로 잘리는지 모르지만, 그만두면 여기로 돌아오면 되잖아."

"정말?"

"정말이고말고. 그러니까 이제 혼자 끙끙댈 필요 없어. 언제라도 여기로 돌아오면 되니까. 여보, 당신도 요시카한테 한마디 해 줘. 회사에서 잘린다고, 애 지금 울고 있어."

아빠에게 말을 거느라 약간 떨어진 엄마 목소리가 수화기를 통해 들려왔다.

"아니 됐다니까 엄마."

우는 것도, 이런 한심한 모습을 드러낼 수 있는 것도 다 엄마 앞이기 때문이다. 아빠에게는 무리다.

버스럭거리며 엄마가 아빠에게 수화기를 건네는 소리가 들리더니,

"요시카."

"네." 나도 모르게 자세를 바로잡았다.

"무슨 일인지 모르지만, 직장을 쉽게 포기하면 못쓴다. 바로 관두려는 생각 같은 건 하지 마. 그건 한심한 거야. 너도 이제 어른이니까 사회인으로서의 역할을 확실히 해내야지."

말문이 막혀 아무 말도 못 하고 있으니 아빠가 더 다그쳤다.

"넌 당최 야무지지가 못해. 무슨 일이 있었는지 모르지만, 곧장 여기로 돌아올 수 있다는 생각은 하지 마라. 일단은 회사랑 의논을 해서 용서 받을 수 있도록 최대한 노력해 보는 거야. 알겠니?"

"……네."

수화기 너머로 난감한 듯한 침묵이 내려앉더니, 다시 부스럭거리며 아빠가 엄마에게 수화기를 돌려주는 소리가 들렸다.

"요시카, 괜찮니? 아버지 말씀 들어 보니 어때?"

"오랜만에 이야기했는데 갑자기 잔소리를 쏟아 내다니……."

"하지만 아빠 말이 맞아. 넌 이제 사회인이 됐는데도 속은 여전히 어린아이 같은 면이 있잖니. 이제 정신 차리고 똑바로 해야지."

"엄마, 아까랑 말이 다르잖아……."

"옆에서 아빠 말을 듣다 보니 아빠가 하는 말도 일리가 있다 싶더라고."

아까까지 동정을 얻어 내고 있었는데 갑자기 상황이 달라졌다. 엄마는 항상 아빠 편을 든다. 어렸을 때는 그게 분하기도 하고, 부모님 사이가 좋다는 증거인가 싶기도 했다.

"엄마는 왜 아빠랑 결혼했어?"

"갑자기 그게 무슨 소리야?"

"별 뜻은 없어. 그냥 둘이 전혀 다른 타입이니까, 어떻게 연인 사이가 돼서 결혼까지 하게 됐는지 물어보고 싶었을 뿐이야."

"그야, 어쩌다 보니 그렇게 됐지."

"어쩌다 보니? 어쩌다 보니 좋아져서, 어쩌다 보니 결혼해서, 어쩌다 보니 나를 낳은 거야?"

"그래, 그거야."

"맥 빠져 진짜. 좀 진지하게 생각해 봐."

"하지만 엄마는 어쩌다 보니 결혼하고 싶은 사람, 어쩌다 보니 쭉 함께 있고 싶은 상대를 찾아내서 행복한데."

엄마는 태평하게 말했지만, 지금 그 말을 아버지가 같은 방에서 듣고 있는 것이다. 어쩐지 내가 다 부끄러워서 그럼 이만, 하고 전화를 끊었다.

엄마의 말이 기름처럼 얇은 막이 되어 몸을 휩싸는 느낌이었다. 좀 전까지 귀에 딱 붙이고 있느라 아직도 따뜻한 휴대폰으로 니에게 전화를 걸었다.

어쩌다 보니, 라는 건 지금 나에게는 있을 수 없다. 물결을 탄 것처럼 자연스럽게 연애가 결혼으로 귀결되는 흐름을 동경하지만, 내 사랑은 더 확실한 형태를 띠고 있어서 그런 식으로 평온하게 처리하는 것이 불가능하다. 하지만 강 물결에 마모돼 자갈이 둥글어지듯이, 언젠가 니와 내가 그런 관계가 될 수 있다면.

어느새 수신 거부는 해제되어 있었고, 불현듯 니가 전화를 받았다.

"……왜?" 나를 남보다도 더 무뚝뚝하게 대하는, 숨죽인 목소리였다.

"지금 당장 우리 집에 와 줘. 부탁이야. 택시 타고 집 앞에 내린 적도 있으니까, 어딘지 알지?"

나는 이치의 아이를 낳고 싶었고, 또 기르고 싶었다. 왜 사랑만으로는 아이가 태어나지 않는 걸까? 사랑 없는 섹스

만으로는 아이가 태어나는데. 아무리 사랑해도 섹스 없이는 아이가 태어나지 않는다. 지금 시점에서 이런 생각을 하다니, 역시 나는 생존 경쟁에서 자손을 남길 수 없는 종일지도 모른다. 하지만 몸 안에서 뭔가가 외치고 있었다. 사랑은 여기 있어, 다양한 형태의 사랑이 있는 거야, 라고.

니가 내 아파트에 온 것은 밤이 늦은 후였다. 와서도 시선을 피하며 조금도 나와 눈을 마주치려 하지 않고, 현관에 선 채 안으로 들어오려고도 하지 않았다. 양복을 입은 니의 어깨가 비에 젖어 있었다. 거기에 겨울바람까지 맞으며 왔다면 꽤 추웠겠다 싶은 모습이었다.

"우산 안 가져왔어?"

니는 말없이 뒤에 감추고 있던 우산 끝을 살짝 내밀어 나에게 보여줬다. 뭐야, 우산을 제대로 못 쓴 것뿐이군. 그러고 보니 니는 약간 요령부득한 면이 있다. 오늘은 그의 그런 면도 왠지 그립고, 사랑스러웠다.

"그래서 무슨 일인데? 어쨌든 오라는 소릴 들었으니 안 올 수도 없고 말이야."

"와 줘서 고마워."

내내 굳은 표정으로 나를 바라보던 니는 내가 미소 짓자 금세 다시 시선을 피했다.

"안색이 나쁘네. 속이 안 좋으면 병원까지 데려다줄게. 지금은 몸이 중요하잖아."

"미안해. 나 임신 안 했어."

"뭐어?" 니가 고개를 들었다.

"쉬고 싶어서 거짓말한 거야."

거짓말이라고 밝히면 약간은 기뻐하지 않을까 생각했는데, 니의 표정은 혼란에서 분노로 바뀌었다.

"뭐라고? 왜 그런 거짓말을 한 건데!"

"너랑 구루미가 내 비밀에 대해 이야기했다는 걸 용서할 수가 없었어. 구루미가 여기저기 말하고 다녀서 혹시 다른 사원들도 알고 있나 싶으니까 회사에 가고 싶지 않았고. 또 지금까지 계속 짝사랑했던 사람에게 최근 차였거든. 그 두 개가 한꺼번에 나를 짓누르니까, 어쨌거나 도망치고 싶었어."

니는 머리를 싸매고 코로 한숨을 크게 내쉬었다.

"그게 무슨 말도 안 되는 논리야. 도저히 이해할 수가 없어."

"미안해."

"됐어, 사과 같은 거 받고 싶지 않아. 왜 미안하다고 하는
거야?"

"상처를 줬으니까."

"난 상처 받지 않았어." 니는 단호하게 부정했다. "사적인
이유로 거짓말을 해서 회사를 땡땡이치는 게 이상하다는 것
뿐이야."

니는 어디까지나 의분(義憤)에 차 화를 내는 태도를 취했
다. 하지만 그건 허세다. 눈을 보면 사실은 상처 받았다는
걸 알 수 있다. 내 거짓말에 상처를 받았기 때문에 미안하다
는 내 말에 과민하게 반응한다. 하지만 고집스럽게 자기가
상처 받았다고는 하지 않고, 피해자 입장에서 나를 질책하
지 않는 니에게 약간 남자다움을 느꼈다. 니에게는 틀림없
이, 자신은 누군가에게 상처를 받을 만큼 나약해서는 안 된
다는 기개가 있는 것이다. 나에게는 없다. 나는 언제나 어딘
가에 살짝 걸리기만 해도 요란하게 나뒹굴며 괴로워한다.
그리고 '이것 봐, 이런 곳에 상처가 있어!'라고 상처 부위를

가리키며 상대를 비난한다.

머리를 싸매다 말고 나를 향해 다시 몸을 돌린 니는 엄한 시선으로 나를 바라봤다.

"임신하지 않았는데 임신했다고 하다니, 아무리 감정적이었다고 해도 사회인이 할 거짓말은 아니야. 논리적으로도 최악이고. 이런 말까지 하고 싶지 않지만, 요시카, 실연 탓인지 몰라도 머리가 좀 이상해진 거 아냐? 어차피 가짜로 쉴 거면 병원에 가 보는 게 어때?"

니가 화를 내는 건 당연하다. 머리로는 잘 알고 있었다. 하지만 그의 분노에 찬 눈초리를 보고 있자니 참을 수 없을 만큼 외로워지고, 그것이 짜증으로 변했다.

"그렇게까지 말할 건 없잖아."

"아니, 요시카는 이상해. 회사뿐만이 아니라 나한테도 말이야. 실컷 기대하게 만들어 놓고 결국에는 나 말고 좋아하는 사람이 있다고 하다니. 악마적이고, 비겁해."

분해서 눈물이 났다. 지금까지 나는 하고 싶은 말도 안 하면서 니에게 맞춰 왔는데, 어째서 니는 이럴 때조차 나에게 맞춰 주지 않는 걸까.

"내가 처녀라서 좋아한 거잖아."

나의 나지막이 숨죽인 목소리에 니는 처음에는 무슨 뜻인지 모르겠다는 얼굴을 하고 있었다. 하지만 그 뜻을 이해하자마자 지금까지의 뜨거운 분노가 싸늘한 분노로 바뀐 듯했다. 아까보다 지금의 눈초리가 몇 배는 더 차갑고 조용했다.

"나를 화나게 만들려고 부른 거면 지금 당장 돌아갈래. 화나게 만들려고 엉뚱한 소리나 하고 말이야."

"화나게 만들려는 게 아니야. 진심으로 그렇게 생각해서 말한 거야."

"간다."

"하지만 이럴 때야말로 나를 알 수 있는 기회라고 생각하지 않아? 진짜 나 말이야."

안 갔으면 좋겠다고 솔직히 말할 수가 없었다. 그래도 나는 문손잡이를 잡는 니의 등에 대고 필사적으로 외쳤다.

"날 좋아한다면 내 내면에 대해 알고 싶지 않아? 들어 봐, 내가 어떤 생각을 하고 있는지. 내가 얼마나 비열한 사람인지. 어떤 사람인지 잘 알지도 못하면서 고백 같은 거 하지 말란 말이야."

"요시카가 어떤 사람이든 받아들이겠다고 생각해서 고백한 거야."

"어떤 사람이라도 괜찮다는 건 마음이 넓은 게 아니라 아무래도 상관없다고 생각한 거나 마찬가지야. 나에 대해 잘 알지도 못하면서 자기 자랑만 하고, 바보!"

"어떻게 하면 알 수 있는데?"

"애니메이트에서 두 시간."

니는 내 말에 스트레스가 한계에 다다랐다는 듯이 한숨을 내쉬었다.

"사람을 놀리는 거야 뭐야. 알았으니까 이제 그만 울어. 진정하라고. 물이라도 좀 마실래?"

"도대체 울면서 사람을 놀리는 여자가 세상에 어디 있어? 웃으면서 화내는 사람도 아니고. 감수성이 좀 무딘 거 아냐?"

니는 폐 속 깊은 곳에서부터 한숨을 내쉬고, 미움 받을까 두려운 나는 점점 더 말이 빨라졌다.

"나를 사랑하잖아. 이런 말을 하는 것도 나야. 받아들여."

"잠깐. 솔직히 말해서 난 아직 요시카를 사랑하진 않아. 알고 싶다든가, 좋아해 정도 수준이라고. 우린 네 번 정도 데이트를 했을 뿐이야. 아직 요시카에 대해 전부 알지 못하는데 사랑이라니, 오히려 거짓말처럼 들려. 사귀고 친해져서 요시카에 대해 더 알고 싶다는 생각에 고백한 거야."

"또 나왔네, 그놈의 솔직함."

나는 중얼거렸지만, 그 목소리는 가냘팠다. 니는 한눈에 반하지 않았던 것이다. 내가 누군가를 좋아하게 되는 방식과 니가 좋아하게 되는 방식은 아무래도 꽤 다른 것 같다.

"그럼 도대체 내 어디가 마음에 들어서 고백한 거야? 사랑하는 것도 아닌데?"

"글세…… 요시카는 희귀해."

"희귀하다고?"

"사회인이 된 후에도 요시카처럼 있을 수 있는 여자는 희귀할 거야. 뭐랄까, 별로 성장하지 않고…… 미성숙한 모습 그대로니까."

역시 니는 멸종 위기종의 사육원이었던 것이다. 몸도 건장하고, 작업복과 대걸레가 어울리지 않는 것도 아니다.

"하지만 솔직히 말해서……." 처음부터 다시 시작하듯이, 니가 갑자기 목소리를 확 높였다.

"요시카에게는 이유 없이 끌려. 지금 괴상한 거짓말을 했다고 폭로했지만, 그래도 어떻게 해서든 같이 있고 싶어."

처음으로 그의 솔직함이 곧장 가슴에 와서 꽂혔다. 말이 나오지 않는다.

"하지만 아무리 좋아한다고 해도 누군가를 그대로 받아들이는 건 무리야. 상대방이 전부 받아들여 줬으면 좋겠다니, 그건 폭력이라고. 잘 풀어 나가려면 둘 다 상대방에게 맞춰 조금씩…… 변해 가야 해." 니가 한숨을 쉬며 말을 이었다.

"하지만 누군가를 좋아하게 된 시점에서는, 입으로 뭐라고 말한들 이미 99퍼센트 정도는 받아들였을 거야, 아마."

우두커니 서 있던 니는 갑자기 뒤로 돌아 현관문 옆에 있는 작은 창문을 열고 복도를 향해 외쳤다.

"내 아이를 낳아 줘!"

말을 마치더니 묘하게도 료칸 여주인이 장지문을 닫을 때처럼, 정중하게 두 손으로 창문을 닫았다.

"문은 왜 연 거야?"

썰렁하잖아, 여러 의미에서. 차가운 겨울 밤바람이 현관의 온도를 낮췄다. 하지만 그로 인해 터뜨리고 싶었던 다양한 생각과 초조함이 창문을 통해 밖으로 나가 버렸다.

"선언하는 거니까, 다른 사람들도 들어야지."

니의 표정은 여전히 굳어 있지만, 크게 소리를 지른 탓에 얼굴이 상기되어 있었다.

"그리고 얼굴을 보면서 말하기가 부끄러웠거든."

이제는 눈물도 웃음도 나오지 않았다.

천천히 뒤를 돌아보는 나의 이미지가 머리에 떠오른다. 드라마나 영화에서 종종 볼 수 있는, 여배우의 얼굴이 먼저 돌아가고 한 박자 늦게 긴 머리카락이 얼굴을 따라오는, 바로 그 슬로 모션. 물론 나는 긴 머리카락도 없고, 돌아봤다고 해서 다른 사람이 기뻐할 만한 미모도 없지만. 내 앞에 있는 사람은 등 돌린 이치, 뒤돌아봤을 때 있는 사람은 긴장한 표정으로 나를 향해 우두커니 서 있는 니. 나는 걸음을 멈추고, 발길을 돌려 니를 향해 걷기 시작한다.

타협이라든가 동정 같은, 그런 포기의 냄새가 풍기는 감

정과는 다르다. 발길을 돌리는 것은 도전이다. 나의 사랑이
아니라 타인의 사랑을 믿는 것은 나 자신에 대한 배반이 아
니라 도전이다.

자, 나는 사랑하지도 않은 사람을 사랑할 수 있을까? 아
니, 그게 아니지. 나는 지금까지와 다른 사랑의 형태를 받아
들일 수 있을까?

"우린 틀림없이 잘될 거야. 틀림없이 잘될 테니까, 앞으로
도 사랑해 줘."

나는 양복 어깨 부근이 젖은 기리시마(霧島) 군에게 다가
가 안겼다.

"기리시마 군, 혹시 화났어?"

"아니. 이제 한숨 돌렸어."

그는 한숨을 내쉬며 나를 가만히 끌어안았다. 그리고 두
꺼운 손가락으로 조심스럽고 부드럽게 내 머리카락을 몇 번
이고 쓰다듬었다. 그의 캐릭터와 전혀 어울리지 않는 몸짓,
하지만 그건 내가 좋아하는 부드러움과 닮아 있었다.

사이좋게 지낼까?

사치란 무엇인가. 나에게 그것은 아름다운 남자, 엎드려 자기에 편한 길이 잘 든 잠자리, 햇빛이 수면에 반사되는 눈부신 강가. 보물이란 무엇인가. 나에게 그것은 언제나 칭찬받는 긴 속눈썹, 마셨을 때 담백함을 주는 청초하고 고풍스러운 홍차 잔, 손가락으로 쓱 문질렀을 때 있지도 않은 거스러미를 상상하면 소름이 돋을 만큼 부드럽고 윤기 나는 거무스름한 목재 팔걸이의자.

맘에 드는 물건에 둘러싸여 부드러운 베이지색 홑이불로 몸을 감싸고, 사랑하는 남자가 머리카락을 쓰다듬어 주면 눈을 감고 부드러운 발바닥으로 아무것도 없는 시트 사이를 긁는다. 어깨 근처의 홑이불을 끌어당기는 순진무구한 몸짓, 이미 잠의 세계로 들어가고 있는, 희미한 미소를 띤 사랑스러운 입가, 귀 언저리에 구불구불하게 말린 곱슬머리, 감은 눈동자를 물들이는 길고 진한 속눈썹. 침대에 앉은 남자의 옷깃이 달린 잠옷, 나를 지켜보는 부드러운 눈동자, 한 번 더 나를 만지려고 하는 핏줄이 불거진 손. 무의식적으로 그 손을 피하려고 돌아눕는 나의 가늘고 긴 목, 흐트러진 뒷머리, 머리 모양으로 눌린 베개.

불이 꺼진 작은 방에는 이미 조명이 켜진 복도에서 밀려온 파도가 천천히 물의 양을 불려 간다. 남자의 발은 물에 잠기고 카펫은 무겁게 젖어 든다. 나를 재운 남자는 조용히 일어나 뒤도 돌아보지 않고 문을 열어 둔 채 작은 방에서 나간다. 물은 점점 더 불어나고, 결국 작은 물결이 일기 시작한다. 콘센트 구멍에 물이 들어가자 요란한 소리와 함께 불꽃이 튄다.

나는 몸을 뒤척이다가 잠에서 깼다. 하지만 눈은 뜨지 않고 찰싹거리는 파도 소리에 귀를 기울인다. 아아, 또 물이

온 건가? 물이 뭐 어쨌다는 거지? 물에 젖기도 하고, 물에 뜨기도 하고, 숨을 쉴 수 없게 되기도 한다. 조용한 거 아냐? 어쨌든 물속에서는 고막이 젖기 때문에 어떤 고함 소리도 흐릿하게 들린다.

파도가 물보라를 일으키며 마구 얼굴을 덮친다. 벌떡 일어나 보니 물은 이미 침대에 닿을락 말락 한 높이까지 올라왔고, 파도가 칠 때마다 시트가 젖어 색깔이 변해 간다. 손도 다리도 차가운 물에 서서히 젖어 들고, 복도 안쪽에 있는 방에서 어른들이 담소를 나누는 목소리가 들려오기에,

"저기요! 방에 파도가 밀려왔는데요!"

소리 높여 외쳐 봐도 웃음소리가 잠시 멈출 뿐 아무도 도와주러 오지 않는다. 저기, 지금 무슨 소리 들리지 않았어? 또 그 히스테리 부리는 여자 얘기야? 더 이상 상대하지 않아도 돼, 그보다 이 TV 좀 봐 봐, 반갑다 이 사람, 이렇게 다시 TV에 나오고 있어, 히트곡이 많은 멋진 가수야. 좀 전에 내 머리카락을 쓰다듬었던 남자의 손이 다른 여자의 허리를 감는다. 아니야, 이건 모창 가수야, 남자잖아, 진짜 미소라 히바리(美空ひばり, 쇼와 시대를 대표하는 가수이자 배우—옮긴이)

는 이미 당연히 죽었지, 뭐? 진짜? 너무 비슷해서 살아 돌아왔나 했어, 노래하는 목소리도 똑같고, 농담이지? 아무리 똑같아도 설마 히바리가 살아 돌아왔다고까지 생각하진 않잖아, 뭐든지 과장해서 말하지 마, 흠, 확실히 좀 과장해서 말했을지도 모르지만 그건 그만큼 깜짝 놀랐다는 뜻이야, 신선한 반향이 온몸을 훑고 지나가, 훑고 지나가.

눈을 뜨니 여전히 수도꼭지에서 쏟아지고 있는 목욕물은 욕조 밖으로 넘쳐흐르고, 내 손목의 피는 멈춰 있었다. 가로로 그어 봤자 죽지 않으니 어차피 죽을 거면 세로로 그으라고 충고하는 사람이 있었다. 그는 희미하게 웃고 있었지만, 사실은 화가 나 있던 상태로, 눈이 묘하게 충혈되어 있었다. 죽는다니, 감히 어디서 응석을 부리는 거야? 라고 말하고 싶었겠지. 죽음을 가볍게 취급하면 사람은 불쾌해 한다. 누구에게나 찾아오는 것이기에 적당히 얼버무리기가 쉽지 않다. 그래서 나는 야구모자 차양 안쪽에 쌤통이라고 쓰고 목을 맨 죄수의 일을 좀처럼 잊을 수가 없다.

이제는 단지 핏기가 어린 상처를 엄지손가락과 집게손가

락으로 문질렀다. 그러자 살짝 남아 있던 빨간 피가 흘러나와 엄지손톱 사이로 스며들었다가 따뜻한 물에 지워졌다. 수증기에 젖은 하얀 목욕탕 벽에 입맞춤을 하니 희미한 입술 자국이 떠올랐다.

탕에서 나오자 머리에서부터 솨, 하고 피가 내려가면서 산소를 찾아 입이 열리고 폐가 요란하게 오르내린다. 통신판매로 산 파촐리와 장미, 로열젤리가 든 오가닉 샴푸에는 민트도 포함되어 있는지 머리를 감으면 샴푸 성분이 두피에 스며들어 시원하다. 몸에 좋은 것일수록 보다 자극적일 때가 있다. 헤나 염모나 자연식품의 경우, 향료가 포함되지 않은 노골적인 발효 냄새와 거친 질감이 의외로 부드러운 피부와 위를 망친다.

이 샴푸, 가격은 반 정도지만 몸에는 나쁜 대량 생산품보다 머릿결도 거칠어지고 별로 마음에 들지 않지만, 바보가 아니니까 다 쓸 때까지 시간이 걸릴 것 같다. 아니, 다 쓰지 않아도 좋아, 지금 당장 쓰레기통행이다. 그러나 용기는 폴리에틸렌. 내용물을 버리고 분리수거용 투명 쓰레기봉투에 넣어야지. 나는 분리수거 같은 건 좋아하지 않는다. 주민 한 사람 한 사람이 분리수거해 봤자 쓰레기 처리장에 가면 전부 뒤섞여 소각된다. 누군가가 말했는걸, 분명히. 하지만 그 남자가 화내니까. 지구를 소중히 하라고 화내니까.

사각형 모양의 단단한 우유 비누는 청결하고 달콤하고 하얀 냄새가 나는데, 계속 냄새를 맡다 보면 편하게 세상을 떠날 수 있을 것 같은 기분이 든다. 벤조산, 이는 주로 샴푸에 들어가는 화합물 같은데, 나에게는 비누 냄새를 나타내는 말이다. 아름다운 향기의 청산가리. 꼼꼼하게 몸의 왼쪽을 씻었더니 그것만으로도 지쳐서 오늘은 이걸로 끝. 내 몸은 넓다. 거품으로 온몸을 감싸고 싶지만 엉덩이는 너무 최남단에 있어서 손이 닿지 않는다.

오늘 길에서 싸움을 했다. 맨션 출입구 바로 앞에서, 싸우고 그 길로 집에 돌아가려고 하는 그의 이름을 큰 소리로 부르자, 그는 어깨를 으쓱거리며 되돌아왔다. 나는 어깨에 멘 핸드백을 풀어 그를 향해 힘껏 휘둘렀다. 그의 옆머리를 후려치려고 했지만 빗나가고, 비스듬히 떨어진 가방은 아스팔트 지면에 세차게 부딪혔다. 가방 안에서 튀어나온 새카만 콤팩트 케이스가 열리면서 그 안의 작은 거울이 현관문에 달린 등불의 불빛을 반사했다.

맨션 입구 로비는 불빛이 밝다, 왜 저리도 휘황찬란하게 밝은 것일까, 들개처럼 서로 고함을 지르며 싸우는 우리 옆을, 녹색 트레이닝복에 청바지를 입고 검정 뿔테 안경을 쓴 마른 여자가 개를 데리고 아무렇지도 않게 지나쳐 갔다. 우리의 고함 소리가 들리는데도 전혀 모르는 척하며, 오늘만 같은 광경을 세 번은 봤다는 듯이.

그 여자는 나를 보지 않았다, 이상하게 얽혀서 말려들고 싶지 않을 테니까. 하지만 혹시 내가 낮에 어떤 모습이었는지 안다면, 내가 잃고 싶지 않은 것을 많이 가졌다는 걸 안다면 외면하지 못 하고 가만히 지켜봤을 것이다.

셔터가 지켜보고 있다. 셔터, 크고 동그랗고 부리부리한 검은 눈동자를 가진 카메라의 눈. 우리 카메라맨들은 말이지, 셔터를 누를 때 피사체가 보이지 않아, 왜냐하면 카메라의 눈은 그 순간 닫히니까. 셔터를 누를 때는 감이야, 어떤 사진이 찍혔을지는 솔직히 필름이 완성되기 전까지 알 수 없어. 찍는 경치에 우리 기분이 찍히는 거야, 그래서 완성된 사진을 보면 찍는 순간 내가 그 경치를 보고 얼마나 상처 받았는지, 혹은 즐기고 있었는지를 알 수 있어. 이렇게 이야기 해 준 카메라맨이 있었다. 좋은 사람이었다, 좋은 이야기를 해 주었다.

아침밥은 콩 다섯 알입니다, 네, 세쓰분(節分, 입춘 전날─옮긴이)에 뿌리고 남은 게 있어서, 먼지투성이였지만 그냥 먹었어요. 저는 공단을 좋아합니다, 술 장식 공단이 달린 쿠션이나 주홍색 무대막 테두리에 달려 있는 공단도 좋아해서, 아 왜, 하다못해 학교 체육관 무대막에도 달려 있잖아요? 스르르 막이 내려와 공단이 마루를 싸악 쓸어내리는 모습을 좋아해요. 그래서 저는 오늘도 공단 장식이 달린 새틴을 입고 싶었지만 오늘은 없네요, 이건 단순한 커트 앤 소운 (cut and sewn)으로, 손 주위가 허전하지 않을까 싶습니다.

기자가 메모하던 손길을 멈추기에 쳐다봤더니 가타카나로 공단(シュス)이라고 쓰여 있었다.

가타카나로 공단이라고 쓰면 안 돼요. 한자로 수자(繻子)라고 써야죠.

왜 한자에 집착하는가 하면 아직 할 이야기가 남아 있기

때문입니다, 공단과 비슷한 음과 분위기를 가진 단어로 주유(朱儒, しゅじゅ)라는 말이 있어요, 난쟁이라는 뜻인 거 같은데, 저는 그 한자를 보면 오싹해져요, 오래된 소설을 읽을 때, 특히 오래된 외국 동화 번역본 같은 걸 읽는데 그 한자가 나오면 몸에 소름이 돋아요. 차별어인지 아닌지 잘 모르겠지만, 인터넷에 주유가 춤추는 동영상이 있는 것 같던데 무서워서 볼 수가 없어.

키가 작은 남자가 어느 외국의 민족의상을 입고 기묘한 춤을 추면서 점점 화면 가까이 다가온대요. 영상을 본 사람이 잊을 수 없을 만큼 기묘하고 무섭다고 적어 놨던데, 내 상상으로 그 주유는 흑백 영상 안에서 공단 장식이 달린 옷을 입고 있는 겁니다. 아이보다 작은 사이즈의, 금 단추를 목까지 꽉 채운 기예단 같은 의상 말이죠. 다가오는 얼굴에는 표정이 없습니다, 어쨌든 그는 아무 데도 보고 있지 않아요, 하지만 초점은 나에게 맞춰져 있죠, 춤을 추면서 다가오는 손동작은 어색하고, 뭐랄까, 무기질 인형 같은 느낌이죠.

어렸을 때 잊을 수 없을 만큼 무서운 꿈을 꾼 적이 있는데, 거기에도 난쟁이가 나와요. 내가 탄 기관차가 터널로 들

어가 중간쯤까지 달렸을 때 터널에 물이 밀려오는 거야. 눈
깜짝할 사이에 물은 점점 더 차오르고, 기관차 밖으로 나온
나는 어깨까지 물에 잠긴 채 출구를 찾지만 도통 보이질 않
으니까, 아아 어쩌지, 하고 혼란 속에서 눈을 떠. 아아 다행
이다, 꿈이었군, 이건 종종 있는 경험이야, 수차례 경험해 왔
는데, 그 후 난 다시 정신없이 잠에 빠져들지. 마치 땅속에
서 기어 나온 반쯤 썩은 손이 날 엄청난 힘으로 잡아당기는
것처럼.

그다음 꿈에서 나는 무도회가 열리는 저택에 있는데, 내
눈앞에서 드레스를 입은 신사 숙녀가 사교댄스를 추고 있
어. 한 커플, 바로 내 눈앞에 있는 커플은 여자와 난쟁이 아
저씨인데, 난쟁이는 여자의 키 절반 정도밖에 되지 않지만
그다지 춤추기 힘들어 보이지도 않아, 거침없이 여자를 리
드하면서 추고 있어. 어머, 재주가 좋네, 라며 바라보고 있는
데 난쟁이가 나를 향해 빙그르르 돌더니,

도망친 줄 알았지?

라고 하는 거야. 아아 이 녀석이 내 꿈의 파수꾼이었구나,
하는 생각에 무서워서 미칠 것 같은데,

일어나!

라고 꿈속에서 외쳤어. 일어났지만, 눈을 떠도 소름 끼치는 그 기분이 여전히 피부에 들러붙어 있었어. 언젠가 나는 두 번 다시 깨어나지 못하고 그 난쟁이에게 끌려갈지도 몰라, 꿈속의 꿈, 꿈의 안쪽 더 깊숙한 곳으로.

컴퓨터를 열어 워드를 불러오니 세로로 늘어선 문자의 집합체가 나타난다. 소설을 쓸 때 나는 완전히 주인공이 된다, 주인공은 대개 지루한 듯이 꼼짝 않고 서서, 뭔가 한마디라도 하기 아깝다는 모습으로 입을 다문 채 고개를 돌리고 있는데, 때때로 갑자기 될 대로 되라는 식으로 떠들어대고, 달리기 시작한다.

내 황폐한 정신을 양식으로 삼아 나오는 다른 인생을 살고, 재미없는 농담에 웃고, 어리석게도 풀리지 않는 갈등으로 고민한다. 그 사이에도 나는 컴퓨터 앞에 앉아 타인의 인생을 살아가고, 〈아바타〉라는 재밌는 영화가 제작되기 훨씬 전부터 영화의 주인공인 휠체어 탄 군인과 같은 생활을 하고 있었다.

주위 사람들보다 인내심이 강한 탓에 언제까지고 포기하지 못하고, 그 결과 남보다 배로 노력했지만 아무것도 얻지 못하는, 그런 모순 속에서 살아왔다. 왜 일을 할 때는 장점이 되는 보다 오래 버틸 수 있는 힘이 사생활에서는 단점이 되는지 지금도 잘 이해하지 못한 채, 노력하면 반드시 행복해질 수 있다고 믿었던 십 대는 실패였다고 하지만, 아직 마음 한구석에서는 선뜻 인정하지 못하고 있다. 강한 인내심, 좋은 인상을 역내 쓰레기통에 버리고 떠났는데, 내가 돌아올 무렵 그것들이 자택 현관 앞으로 돌아와, 살짝 겁먹은 얼굴로 나를 올려다보며 꼬리를 흔든다. 어쩔 수 없이 다시 그것들과, 오로지 그것들하고만 살기 시작한다. 허영심보다 훨씬 순진무구한 얼굴을 하고 있는지라 무시할 수가 없다.

그 결과, 멀리 있는 사람들의 얼굴은 초점이 잘 맞아 훤히 바라볼 수 있는데, 가까이 있는 사람들의 얼굴이 침침해서 보이지 않는 원시(遠視) 증상이 쭉 이어지고 있다. 방에 물이 밀려오는 날은 그나마 낫다, 때로는 노크 소리 한 번 들리지 않는 바싹 마른 방이 며칠이고 이어질 때도 있다. 오늘이다. 멀리 있는 사람들이건 가까이 있는 사람들이건, 내게서 완전히 떨어진 장소에 뒤집힌 채로 작게 일그러져 있다.

　예를 들어, 영화 〈사랑의 기적(Awakenings)〉처럼 오랜 세월 동안 병 때문에 계속 잠들어 있다가, 어느 날 문득 깨어나 건강할 때와 마찬가지로 쌩쌩하게 활동할 수 있다, 하지만 짧은 시기를 마치면 다시 혼수상태에 들어간다, 만약에 그런 재능이 있다면 나는 지금 당장 그 재능과 같은 어떤 가능성의 싹을 꾹 눌러서 두 번 다시 떠오르지 못하도록 깊은 진흙 연못 속에 가라앉히고, 연못가 종합병원에서 가리비 샌드위치를 먹으면서 오셀로 게임이나 하며 일생을 보내고 싶다. 순간의 반짝임에 평생 휘둘리는 어리석음. 일시적으로 갑자기 깨어나는 것 말고는 밋밋하게 계속 혼수상태에 있는 재능을 위해, 인생의 대부분을 하얀 침대 옆 둥근 의자에 앉아 보내고 싶지 않다. 하지만 역시 모든 것을 바치는 사람의 아름다움이 마음에 와닿아 발이 제멋대로 숲 속을 향해 나아간다. 갑절로 빠르고 밝게 불이 붙는 촛불만큼 가슴을 태우는 것은 없다. 한계의 끝에 있는 슬로 모션에 영원이 가로놓여 있다.

　점심을 먹으니 개구리가 먹이를 통째로 삼킨 것처럼 배

가 불러와, 줄무늬 커트 앤 소운 셔츠의 배 언저리 가로선이 부드러운 곡선을 그리고 있다. 커피를 두 잔 마시고 크루아상 두 개와 미네스트로네 수프(감자, 토마토, 양파 등을 푹 끓인 후에, 파스타를 넣은 이탈리아식 수프—옮긴이), BLT 샌드위치밖에 먹지 않았는데 이상하군. 밖으로 나가 강까지 산책을 가니 바람이 눈에 들어와 눈물이 흐르고, 올려다본 하늘은 저 멀리 개어 있다. 겹겹이 포개진 구름 저편의 또 다른 구름 속에, 진짜 태양이 보였다 안 보였다 숨바꼭질을 하고 있다. 담 너머로 담쟁이덩굴이 우거진 터널을 빠져나가는 자동차 소리가 끊임없이 스쳐 지나간다. 쉬는 시간에 근처 가구점에 갈 시간이 있을까? 무리일까? 갖고 싶은 건 하나도 없지만.

자위가 아이들의 놀이라는 사실을 안 것은 첫 섹스를 했을 때가 아니라 딱히 자위를 하고 싶지 않아졌을 때다. 서서히 흥미를 잃어 가면서, 나는 할머니가 되어서까지 이 행위를 계속하고 싶진 않을 것 같다는 예감이 들었다. 신기하다, 어렸을 때는 자위만큼 어른스러운 배덕 행위는 없었는데. 둥글게 말린 등도, 경련하는 손가락의 움직임도 결코 일찌감치 뛰어넘어서는 안 되는 울타리였는데, 나는 유치원생 때부터 가뿐히 뛰어넘었다. 그 극단적으로 어른스러운 행위가 설마 유소년기의 추억 중 하나가 될 줄이야. 젖니가 나지 않게 될 무렵부터 술을 마셨는데, 스무 살이 된 후에는 한 방울도 마시지 않았다는 것처럼 부자연스럽다. 몇몇 인상적인 자위가 하얀 도료가 벗겨져 녹이 슨 작은 자석이 되어, 내 연표가 적힌 종이를 냉장고 앞면에 고정시키고 있다.

"저기, 그거 알아? 그 사람이 결국 이랬다는 이야기. 아직 확실한 정보는 아니지만 들은 바에 의하면, 역시 그 사람은 이렇고 저런 것 같아. 믿을 수가 없지? 왜냐하면 그 사람은 이 사람이랑 그런 관계잖아. 주위 사람들도 난감할 거야, 왜냐하면 이렇고 저렇고 해서 그렇게 되면 말이야. 하지만 마른하늘에 날벼락이지, 이런저런 이유로 우리도 어쩌면 그리로 나갈 수 없을지도 모른다니까? 너, 거기서 일한 적 있어? 그렇구나, 하지만 저건 꽤 이러이러한 것 같으니까, 혹시 불려가는 일이 있어도 주의하는 게 좋을 거야.

그리고 말이지, 그것도 알아? 이 사람이 그래서 저랬다는 소문! 혹시 사실이라면 큰 문제지, 그게 봄에는 저렇게 될지도 모른다고 하니 말이야. 어쩌면 나도 그것 때문에 이렇게 될 수도 있어. 그렇게 되면 어쩌지, 왜냐하면 그렇게 되면, 난 여기서 그런 식으로 될 거 같거든. 고민해 봤자 소용없지만, 그래도 갑자기 생각이 나서…… 아~ 넌 좋겠다, 그것과 저것이 있어서. 혹시 이게 사라져도 일단은 무사하잖아. 나도 슬슬 그걸 생각하는 게 좋을라나. 저기, 어떻게 생각해?"

전화기에서 들려오는 목소리. 동업자. 한낮의 어느 순간 불안이 엄습하고 있다.

"최악이네. 그래도 열심히 하는 수밖에 없지 뭐."

"그렇긴 한데."

인생에는 세 번의 '고비'가 있다고 합니다. ……설마. 오늘 밤도 역시 모르는 식탁. 중식당 룸의 옷걸이에는 이미 코트 세 벌이 나란히 걸려 있고, 이는 마치 오늘의 식사 멤버가 벽에 매달려 있는 듯한 모습이다. 내가 맨 끝에 회색 코트를 걸자 시체는 네 구가 되었다. 회전 테이블은 네 명의 손가락에 천천히 조심스럽게 돌아가고, 고춧가루가 든 빨간 고추기름이 쏟아지면서 하얀 널빤지 위의 작고 빨간 점들이 유독 두드러진다.

왕관 모양으로 접힌 순백의 냅킨이 각자의 자리에 놓인

다, 커다란 메뉴판에 얼굴을 묻고 요리 이름을 읽어 보지만, 모르는 단어가 너무 많아서 어떤 요리인지 상상이 가지 않는다.

은 쟁반에 실려 나오는 요리, 목이버섯, 파인애플, 오리고기까지 모두 거의 날것에 가깝다, 우리는 재료를 입에 넣을 때마다 탱탱하네요, 라며 놀란 모습을 보이지만, 날것일수록 기뻐하는 걸 보니 우리가 먹고 싶은 건 생명 그 자체일지도 모른다. 테이블의 큰 접시에 수북이 쌓인 영혼을 위에서부터 순서대로 집어, 이를 세워 그 날것을 덥석 뜯어 먹고, 심한 상처를 입었지만 아직 살아서 경련하고 있는 것을 목에 힘을 주어 꿀꺽, 소리와 함께 삼킨다, 그것이야말로 우리가 원하는 궁극의 식이(食餌)로, 가능하면 매일 밤낮으로 이를 사용한 살육과 위 속에서도 여전히 따뜻한 영혼의 온기를 느끼고 싶다.

북경오리를 뜯어 먹을 때, 작은 뼈에 혀가 딱 달라붙었다가 떨어지면서 마치 키스하는 것 같은 야한 소리가 났다. 오늘의 화제는 라돈 온천으로, 올해 들어 각기 다른 장소에서 이 화제가 나온 게 벌써 세 번째. 유행하는 화제를 입에 올릴 때 그 사람은 약간 상기된 얼굴로 생기 있게 재잘거린다. 어깨가 들썩거리면서 이야기에 점점 탄력이 붙고, 붙임성 있는 미소가 떠오르며 순간적으로 긴장이 풀린다.

어른이 진정 무심하게 즐길 수 있는 대화는 지금 그 자리에서 샘솟는 신선한 대화가 아니다, 상대방의 말을 오해하지 않도록 조심할 필요도 없고 재치 있는 대꾸가 신속하게 반짝일 필요도 없는, 어느 정도 자신의 예상대로 순서를 밟는 대화, TV에서 들었든가 다른 사람과 잠시 화제로 삼은 적이 있는, 손때 묻은 낡은 뉴스다. 내용에 집중하지 않아도 될 때, 우리는 비로소 대화를 주고받는 묘미를 즐길 수 있다. 결국은 항상 익숙한 집밥을 제일 맛있다고 느끼듯이. 평범한 주제를 테이블 정중앙에 놓고, 조금도 새롭지 않은 그것을 한 사람씩 순서대로 부리로 쪼아 대는 것이다.

대화의 종반에 무르익는 것은 역시 거리에 돌아다니는 여러 인간들의 소문. 진부한 추문에 낄낄거리는 누레진 웃음으로 답한다.

뭐 확실히 말해서, 그 남자도 남들이 말하는 것만큼 대단한 놈은 아닌 거죠. 그의 이런 에피소드는 아세요? 아니, 의외로 인간미가 있는 놈이에요, 그 녀석이. 여자도 좋아하고 말이죠……

화제에 오른 사람들의 유령이 오늘 밤도 테이블 위에 그림자를 드리운다. 웃음소리에 부채질 당한 미니 캔들 불빛이 출렁일 때마다, 그들의 그림자는 커졌다 작아졌다를 반복한다. 소문을 즐기는 사람들은 왕관 모양으로 접혀 있던 냅킨을 완전히 무릎 위에 펼친 채 쓰지 않고, 방금 손을 닦은 물수건으로 소스가 묻은 입가를 닦는다.

문득 시선이 느껴져 테이블 앞쪽을 비스듬히 바라보니, 원하는 것은 뺏어서라도 쟁취하려고 결심한 무장(武將), 또한 순진하고 심지가 굳은 소년의 눈동자를 한 중년 남자가 험상궂게 인상을 쓰며 나를 쳐다보고 있다. 그의 올곧고 야망에 넘치는 눈동자를 남자답다고 느끼고 따라간다면, 감언이설에 속아 사귄 끝에, 내 애정을 과신한 그는 다른 여자에게 치근대며 나를 소홀히 대할 것이다. 그러나 애매하게 자존심에 상처를 입은 나는 그를 손에 넣으려고 기를 쓰다 모든 것을 쏟아붓고 결국 노예화되면서 상황은 점점 악화될 뿐, 결국 기진맥진해진 내가 도망치게 된 순간, 내 사랑은 너뿐이라며 그가 무릎을 꿇고 울기 시작하면서 우리는 원상 복귀할 것이다. 남자는 미소를 담은 눈동자로 여전히 나를 바라보고 있다. 그 남자에게 걸렸다간 5년은 버리겠다 싶어서 그를 5년의 남자라고 명명했다. 5년이나 버리고 싶진 않아서 딱 2초만 미소로 화답했다. 그 역시 잠시 나를 지켜보다가 이내 쟁반에 실려 나온, 기름 막에 둘러싸여 반질반질 윤이 나는 채소와 영계 볶음에 시선을 빼앗겼다.

총부리 같은 눈매를 한 인간이 때때로 양의 무리에 잠입해 있다, 혼잡한 인파를 틈타, 혹은 중식당에. 그들은 약하고 선량한, 눈앞의 카리스마에 안이하게 넘어가는 사람에게는 인기가 있지만, 자기와 비슷한 부류를 만나면 금세 마음속으로 적대시하고, 표면적으로는 서로를 칭찬하면서도 틈만 나면 상대를 밀어내려고 한다. 자신의 매력을 시험하고 싶은 그들은 드물게 나에게 치근거린다. 나의 희귀함이 그들의 욕구를 자극한다. 그러나 숨기고 있을 뿐, 나도 그들과 마찬가지로 총부리 같은 눈동자를 갖고 있다. 그래서 눈에 띄지 않도록 고개를 숙이고 우리 옆을 스쳐 지나가는 그 사람만 뒤쫓아 가고 있다. 나를 귀찮게 여겼으면 하니까.

"그러니까 항상 사람에게 상처를 주고 싶다?"

"아니, 그 반대야. 항상 다른 사람에게서 상처를 받고 싶어. 누군가와 말싸움을 하고 있을 때나, 드잡이하고 싸우고 있을 때만 눈동자가 커지거든. 혼신의 악력으로 나무껍질을 벗겨서 코를 갖다 대고 아직 살아 있는 줄기의 냄새를 맡아, 할퀸 탓에 피가 맺히는 뺨을 혀로 핥아, 눈물을 짜낸 후에 문득 찾아오는 발작적인 웃음. 금기시된 생의 기쁨과 계속 맞닿아 있고 싶어. 명석하게 후련해지는 발광에 삶의 보람을 느껴. 누가 평안하게 살아 줄 줄 알고?"

누구보다 빨리 달린다, 밤의 숲을, 혼잡함을, 부드러운 붉은 흙 위를. 눈앞에 사냥감이 계속 달려가는 한, 따라붙어 매도해서 강제로 굴복시킨다. 달이 따라잡지 못할 정도로 속도를 올려서, 달빛이 쏟아지지 않을 정도로 깊은 계곡 밑바닥까지.

이윽고 다다른 문은 올려다볼 정도의 높이, 녹이 슨 철책, 한때 해저에 잠겨 몇 년이나 지난 후 인양된 탓에 바싹 말라 버린 굴 껍데기와 새하얀 산호 가루가 달라붙어 있다. 녹슨

경첩을 억지로 열고 안으로 들어가니, 낚시할 때 미끼로 쓰는 작은 물고기 냄새와 비슷한 비린내가 코를 찌른다. 부지 안에 발을 들여놓은 것만으로도 신기하다, 짐승이 풍기는 적나라한 은폐의 냄새가 입으로, 콧구멍으로, 귀로, 모공으로, 항문으로, 터진 자리로, 구멍이란 구멍으로 다 들어와 긴장을 풀어 준다. 반쯤 열린 입 사이로 보이는 혀는 말라 있고, 너무 더워서 멍해진 미소가 자연스럽게 떠오른다. 내 땀을 빨아들인 누더기를 걸치고, 발목에 철로 된 족쇄를 내비치면서 좁은 보폭으로 왼발을 질질 끌며 걷는다.

안뜰에는 꽃이 완전히 시들어 흙밖에 없는 화단과 석상을 약탈 당한 받침대가 있다. 사각의 받침대 위에는 예전에 석상이 있었던 흔적을 보여주는, 네 개의 고리가 있던 흔적만이 남아 있다. 라디오 소리가 들려오는 것 같아 귀를 기울이지만, 그것은 먼 하늘에서 헬리콥터가 선회하는 소리였다. 진흙과 드문드문 자란 잡초, 오른쪽에는 울창한 숲, 왼쪽에는 창문이란 창문은 다 열어젖힌 거대한 서양식 저택이 있다. 저택 벽에는 진흙의 비말과 메마른 피의 비말이 흩날리고 있다. 드라마에서 보는 선명한 붉은색의 피가 튄 흔적과 달리, 실제 비말은 그 피를 흘린 자의 아픔의 강도와는 비례하지 않고, 메말라 점점이, 거무스름한 적갈색으로 변해 산산이 흩어져 있다.

개를 풀어, 라고 저택 내부에서부터 명령이 내려지고, 아직 모습은 보이지 않지만 어딘가에서 백 마리 정도의 개가 풀려나온 무시무시한 기색이 건조한 바람을 통해 전해 온다.

나는 진창에서 흙탕물을 튀기면서 도망친다, 바로 옆에는 조용한 숲, 웅덩과 작은 호수를 내포한 숲으로 도망치면 개들도 혼란에 빠져서 어쩌면 완전히 도망칠 수 있을지도 모르지만, 목이 너무 마를 때 컵에 담긴 차갑고 달콤한 물을 마셔 버린 것과 비슷한 죄책감을 느끼고, 일부러 눈에 띄기 쉬운 넓은 안뜰로 도망친다.

달려오는 개의 발소리가 대지를 뒤흔들고, 돌아보니 저 멀리 모래먼지가 자욱이 끼어 있다. 체온과 태양으로 덥혀진 식은땀이 미지근하게 몸의 표면을 흘러내리고 나는 다시 달렸다. 땀이 밴 이마에 달라붙은 한 가닥 앞머리, 흙이 껴서 거무스름해진 손톱, 딱지투성이 무릎, 미세한 모래가 달라붙은 속눈썹, 모든 것이 땀의 장막에 둘러싸여 털썩, 기분이 상쾌하다.

야생의 운동장 같은 장소로 나와 요란하게 구르고, 또 새로운 상처를 새긴다. 탁 트인 푸른 하늘, 대범하게 개척된 환희와 피로 물든 대지. 여기서 날 모조리 먹어 치울 거라고 간신히 안도하며 무릎을 꿇으니, 요란하게 짖는 소리, 지면을 뒤흔드는 달리는 소리, 근육이 발달한 갈색 개들이 몰려온다. 그들은 해질녘까지 잔혹하게 나를 농락하고 조금씩 살을 먹어 치운다. 뼈만 남은 나는 눈알마저, 영혼마저 남아 있지 않은 상태로, 모두가 사라진 풀숲 뒤에서 하늘의 별을 바라본다. 아직 이 세상에 미련이 있지만, 뾰족한 풀잎 끝을 날아다니는 메뚜기로 다시 태어나는 것조차 귀찮다. 어차피 다시 도망치고 잡아먹히면서 목숨이 끝난다.

왠지 여러모로 힘들 것 같네요, 당신에게 세상은 외로워 보여.

곧장 돌아가지 않고 그의 집이 있는 역에서 내려 아파트로 향한다. 인터폰을 누르자 그가 나온다. 그의 작은 직사각형 현관에는 내가 모르는 여성용 신발이 놓여 있다. 꽤 신어서 발바닥 부분이 쪼글쪼글해진 통근용 펌프스로, 사이즈는 나보다 훨씬 크다. 웃음이 터진다, 조금이라도 예상외의 행동을 하면 금세 세계에 틈이 생긴다. 분명히 내가 이 세상이라고 생각하는 모든 것은, 누군가가 선의로 준비해 준 사사로운 무대일 것이다. 고맙다, 감사해야 한다.

남자는 오늘 감기라 만나고 싶지 않다고 말했다, 집에서 혼자 자고 있다고 했다, 그러나 방 안에서는 저녁밥 냄새와, 나를 응시하는 그와, 놀라면서도 묘하게 쾌활한 척 행동하려고 하는 나보다 연상의 여자. 내가 울음을 터뜨렸기 때문에 나와 남자는 밖에서 이야기를 나누고, 돌아왔을 때 내가 남자 집 문을 여벌의 열쇠를 사용해 여는 걸 보고 이번에는 연상의 여자가 얼굴을 붉히며 화를 낸다. 설마 벌써 열쇠를 만들어 줬을 줄이야, 그녀는 분노했다.

나는 격렬하게 울기만 할 뿐 아직 화를 내지는 않았지만, 여자를 역까지 바래다주고 돌아온 남자가 우선 저녁 식사로 구운 고기를 먹기 시작하자, 분노가 치밀어 접시를 붙잡고 고기를 쓰레기통에 직접 버렸다. 남자는 그날 제일 풀이 죽은 모습으로 난 배가 고팠다고, 라는 듯이 눈썹이 아래로 축 처졌다. 소유한 여자들끼리 충돌하건 말건, 저녁 식사를 하지 못한 것을 가장 솔직하게 슬퍼하는 그는 나보다 훨씬 순수했다. 끝이 없는 악몽을 꾸고 있다. 고기가 놓인 접시를 들고 그의 부엌에서 난쟁이의 댄스를 춰도, 절대 꿈에서 깨지 않을 것이다.

돌아오는 택시에서는 니혼슈(日本酒, 쌀을 발효시켜 만든 일본의 전통 술一옮긴이) 냄새가 났다. 좋구나. 괴로울 때나 슬플 때, 좋아하는 사람의 이름을 습관적으로 중얼거리곤 했더니, 어느 날 그 좋아하는 마음이 완벽한 과거가 됐을 무렵에, 이름만이 반사적으로 입술 끝까지 올라오는 걸 보고 깜짝 놀란다. 신의 이름은 변한다, 아마 이제 다섯 놈 정도.

사랑하는 남자에게 부담이 되고 싶다. 예를 들어 남자가 어딘가에서 나를 배신했다고 해도, 내 이름이 나오면 잔뜩 찌푸린 자책감을 느끼며 구질구질하게 울기 시작할 것 같은, 그런 존재가 되고 싶다. 그 녀석은 생활력이 부족해서 포기할 수 없어, 너무 위태롭기 때문에 내가 지켜 줘야 해, 지나친 사랑을 받아서 도망치고 싶지만 도망치면 자살할지도 몰라서 걱정스러운 마음에 곁에 있는, 그런 일시적인 부담이 아니라, 남자가 어려움을 겪을 때는 반드시 그의 머릿속에 등장하는, 진정한 마음의 가쇄(枷鎖)가 되고 싶다. 그것이 대다수의 남자들에 있어 어머니라면 나는 어머니가 되고 싶고, 또 몇몇 남자가 그것을 양심이라고 부른다면 나는 양심이 되고 싶다.

사랑을 위해서라면 죽을 수 있다고 생각했지만, 사랑을 계속하는 것보다 죽는 게 더 쉬웠다. 그래서 죽지 않는다. 엄청나게 노력한 사람만이 칭찬 받는다면, 나는 이제 칭찬 받지 않아도 좋다. 어느 누구보다 눈에 띄고 싶다는 생각도 하지 않는다. 그저 당신을 생각하는 사치만큼은 뺏길 마음이 없다.

존경하는 사람? 글쎄요, 어제 일하는 사람들과 같이 간 중화요리 레스토랑에서 라돈 온천이랑 커다란 전신주의 전선 이야기로 분위기가 무르익었어요. 지진을 통해 새어나와 공기 중에 날아다니는 약간의 방사선량을 신경 쓰기에 앞서, 지금까지 우리가 얼마나 다양한 방사성 물질에 둘러싸여 있었는지 하는, 예의 그 이야기예요. 요즘 다들 종종 하잖아요? 같은 테이블을 에워싸고 있던 나와는 직접적인 면식이 없는 노부인도 즐겁게 그 화제에 끼어들었어요.

할머니는 식사 매너가 아주 분방해서, 이거 집었다 저거 집었다 하질 않나, 테이블에 팔꿈치를 올리질 않나, 먹으면서 떠드느라 저작(詛嚼)하는 음식물이 보이고, 또 튀고, 대부분 끝까지 먹지 않고 남긴 채 새 접시에 손을 대질 않나, 저걸 더 먹고 싶다며 인원수에 맞춰진 전채요리를 두 개나 집어 먹질 않나, 맥주도 작은 잔에 직접 따라 먹고, 또 따라 먹고. 매너도 안 돼 있어서 이야기에 너무 열중한 나머지 주의가 산만해져 반찬은 엎지르고, 뼈에 달라붙은 닭고기를 후루룩거리질 않나, 시종일관 물수건으로 손가락을 닦질 않나, 끄윽 하고 살짝 트림까지 선보였습니다.

잘은 모르지만 다른 사람들이 굽신대는 모습을 볼 때 그 할머니는 꽤 높으신 분일 겁니다. 그래서 모두 그녀의 매너가 의외였는지, 오늘은 식욕이 아주 왕성한 것 같네요, 라고 쓴웃음을 지으면서 할머니에게 이야기하고 있었어요. 거기 있는 멤버 전원이, 저까지 포함해서, 그녀는 혹시 이미 치매가 시작된 게 아닐까 의심했던 것이겠지요.

나는 와인을 마시면서 내내 그녀의 움직임을 보고 있었습니다, 그러자 그녀의 사소한 동작에 고풍스러운 기품의 잔해가 보이기 시작했어요. 가령 샥스핀과 달걀 수프를 먹은 후에 고개를 돌리고 내뱉는 소리 없는 한숨이라든가, 팔꿈치를 괸 손으로 냅킨을 접는 우아한 손가락의 움직임 같은 것이죠. 잔 밑바닥이 젖어서 식탁보에 고리 모양이 생기자 그쪽에 시선을 떨구는 모습이나, 화장실에 갈 때 무릎에 펼쳐 놨던 냅킨을 무심하게 의자에 방치하는 모습을 통해, 그녀가 옛날부터 이런 장소에서 얼마나 많이 식사해 왔는지, 그래서 얼마나 질려 버렸는지, 옛날에 익혔던 예의범절이 지금 얼마나 무가치하다고 생각하는지가 보이기 시작한 겁니다.

　모나리자 그림의 경우, 모나리자는 정밀하게 묘사하고 있지만 배경은 어딘가 모르게 대충 그린 느낌이잖아요? 하지만 흐릿하게 떠오른 그 배경이야말로 모나리자의 내면을 드러내고 있어요. 아직 코스가 다 나오지 않았는데 자리에서 일어나 화장실에 가 버리는 그 할머니의 뒷모습에서, 나는 무너져 내린 신전의 흔적을 본 겁니다.

나는 식사 매너나 예의범절을 잘 압니다, 밖에 나갔을 때 부끄럽지 않도록 부모님께서 철저하게 가르치셨기 때문이죠. 별로 능숙하진 않지만, 보기 좋은 미소가 어떤 것인지, 느낌이 좋은 대화가 어떤 것인지 알고 있어요. 누구에게도 미움 받고 싶지 않아서 필사적으로 배웠기 때문이죠. 덕분에 다른 사람에게 칭찬을 받은 적도 있지만, 그것은 의태(擬態)고, 살아가는 기술이고, 흉내입니다. 그런 것을 나중에 익혀야 했던 시점에 이미 나는 부족한 거죠. 혹시 내가 언제가 진정한 의미의 여유를 가질 수 있다면, 이 세상에서 살아가고, 이기고, 남겨지기 위해 익힌 기술, 타인의 눈에 비치는 나를 의식한 기술을 전부 잔해(殘骸)로 만들어 배경으로 밀어내고, 정말 아무렇게나 살아가고 싶습니다. 어른도 아이도 상관없는 세상에서.

어서 오세요

컴퓨터를 켜자 작은 문자가 화면 중앙에 떠오른다. 컴퓨터가 인사를 하니 깜짝 놀란다. 게다가 안녕하세요, 가 아니라 어서 오세요. 컴퓨터는 틀림없이 나에 대해 전혀 모를 것이다. 하지만 갸륵하게도 자기의 작은 세계로 사람을 불러 들일 때, 약간 긴장하면서도 단단히 마음을 먹고 어서 오세요, 라고 한다. 어색한 인사에 나는 패스워드로 대답한다, 말 없이 손끝에서 나오는 단어.

컴퓨터는 최근 가벼운 버그를 일으키고 있다. 한창 워드를 사용하는 와중에 나의 틱 증상에 전염된 것처럼 격렬한 깜빡임을 반복하고, 문자가 커졌다 작아지는 혼란 양상을 반복한다. 애써 초점을 맞추려고 하면서도 점점 더 혼란에 빠져 마우스의 말조차 듣지 않는 컴퓨터를 앞에 두고 있으니, 2년에 걸쳐 이상한 문장을 계속 입력해 온 것이 그에게 부담이 됐나 싶어 죄책감이 든다. 키보드를 치는 새끼손가락에 아까 껍질을 깎은 키위의 황록색 과육이 달라붙어 있어, 이로 떼어 내 먹었다.

컴퓨터를 닫으니 새벽 네 시. 새벽은 단 15분, 15분 후에는 이제 본격적인 아침이다. 이를 닦으며 어제 저녁 식사 술 냄새를 없애고, 파카를 걸친 뒤 운동화를 신고 밖으로 나간다. 스트레칭을 한 뒤 언덕을 달린다. 온 동네의 크고 작은 언덕을 오르락내리락한 후 돌아오니, 맨션 앞에서 젊은 여자아이가 나를 기다리고 있었다. 나는 그녀가 갖고 온 종이에 굵은 매직으로 내 이름을 써야 했다. 공중에서 쓴 내 글자는 끝부분이 일그러지면서 뻗어나가 마치 다잉 메시지 같았다.

그녀는 초반에 살짝 눈물을 머금고 자기가 나를 만나서 얼마나 감격했는지 이야기했지만, 눈앞의 내가 알맹이 없는 시시한 인간이라는 걸 인식하면서 조금씩 기분이 가라앉고 있었다. 나는 눈치 채지 못한 척하며 상냥하게 그녀의 질문에 대답하고 있었지만, 내가 땀에 찌든 모자를 쓰고, 브라도 하지 않고, 계절에 안 맞는 구겨진 반바지를 입고, 맨발에 운동화를 신고 있음을 의식하지 않을 수 없었다.

그녀는 너무나도 대학생스러운 면으로 된 싸구려 프릴이 달린 유치한 블라우스에, 너무 많이 입었든가 너무 많이 빨든가 해서 보풀이 인 흐릿한 색상의 스웨터, 팔랑거리는 빨간색 미니스커트를 입고, 로퍼힐에 맞춰 복사뼈 근처까지 오는 베이지색 프릴이 달린 양말을 신고 있었다. 그녀의 복장이 로리타 패션이 아니라 지금 대학생 사이에서 유행 중인 패션이라는 사실은 거리를 걷다 보면 알 수 있다.

그녀는 아직 이런저런 입 발린 소리를 하고 있었지만, 명백하게 식어 가는 그녀의 진짜 흥분은 거의 헛소동에 가까워졌다. 그녀의 말은 점차 빨라지다가 중간중간 끊어졌다. 거북함을 느끼고 가능한 한 서둘러 이 자리에서 도망치고 싶은 것처럼 안절부절못하고 있었다. 그녀의 요구대로 악수를 했다. 그녀의 손은 촉촉하게 땀에 젖어 폭신했다.

뺨에서부터 턱으로 이어지는 그녀의 얼굴 윤곽은 하얗고 폭신해서 쿡 찌르면 손가락 자국이 날 것 같다, 마치 한펜(はんぺん, 다진 생선 살에 마 등을 갈아 넣고 반달형으로 쪄서 굳힌 식품—옮긴이) 같군, 연하는 윤곽이 더 거칠다고 생각했다, 하지만 그녀의 윤곽은 살짝 굳은 요거트 같아서, 유청의 투명한 막이 떠올라도 이상하지 않을 정도. 끝내 할 말을 잃어버린 그녀는 곤혹스러운 표정을 지으며 일자로 입을 꾹 다물고, 얼굴에 달라붙은 머리카락을 손가락으로 쓸어 올렸다. 나를 바라보면서도 자신의 내면에만 초점을 맞춘 그녀의 눈동자와 홍조 띤 뺨은 이 세상에서 가장 지루한 것이었다.

"아침 먹었어?"

"네?"

"아침 먹었냐고."

"아직 안 먹었어요. 하지만 괜찮습니다."

그녀가 다시 입술을 꽉 다물었다. 내 시선이 향한 곳을 착각한 그녀는 스커트 자락을 잡아당겨 굵은 다리를 감추려고 했다. 나는 심사위원의 눈초리로 그녀를 뚫어져라 쳐다보고, 팔꿈치를 괴듯이 손을 입 앞에 갖다 댔다. 추위로 다리가 빨개져 있다.

"우리 집으로 와. 907호실이야. 짐은 싸 둔 상태지만 신경 쓰지 말고."

이렇게 말하면서 이미 나는 그녀의 어깨를 감싸고 맨션 입구까지 끌고 가 자동 잠금장치에 열쇠를 꽂고 있었다.

부엌 개수대에서 그녀는 손을 씻었다. 다 씻더니 익숙한 동작으로 입에 물을 머금었다 재빨리 뱉었다. 그리고 무의식적으로 평소 버릇이 나온 것처럼 굴며 시치미를 떼고 있었다. 그녀는 아직 신경질적으로 행동하기엔 너무 이른 나이라 몸가짐이 단정하지 않았다, 틀림없이 나보다 칠칠치 못한 생활과 몸을 하고 있을 것이다. 그러나 그녀가 내뱉는 물은 내가 뱉는 물보다 깨끗해 보였다. 그녀는 걸어 놓은 수

건을 쓰지 않고, 자기 손으로 입을 닦고 젖은 손을 스커트에 문질러 닦았다.

"이사하세요?"

"왜?"

"짐을 싸 놔서요."

"안 하는데."

집은 텅 비어 있고 거실에는 소파밖에 없다. 소파 옆에는 종이상자가 두 개, 내용물로 부풀어 오른 여행용 검정색 가죽 가방이 놓여 있을 뿐이다. 남은 것은 바닥에 그대로 놓아둔 컴퓨터. 바닥의 먼지, 입술 자국이 난 컵, 오가닉 샴푸, 면도기, 또 전부 정리해서 종이상자를 새로 늘려 볼까.

손님이 올 줄 알았다면 TV를 사 둘 걸 그랬다.

시간은 오전 열 시를 지나고, 바다에 세탁된 태양도 오래 쓰다 보니 서서히 낡으면서 노랗게 물들어 간다. 새로운 내일들, 나는 지금 너희들을 마치 낡은 걸레처럼 도락(道樂)을 위해 쓰기로 결심했다. 시시각각 지나간다고 해도, 모든 시간은 나의 것이다. 가능하든 가능하지 않든, 나는 할 수 있다. 설사 언젠가 끝난다고 해도, 내일만 바라보며 살아 보지 않겠는가.

양 갈래로 묶은 그녀의 머리 한쪽을 손에 쥐었다. 그녀의 묶음머리는 솜을 채워 넣은 봉제 인형처럼 힘없이, 부드럽게 손 안에 놓였다. 나는 그녀의 귀에 입술을 갖다 대고 속삭였다.

신산 나메코(辛酸 なめ子)

만화가 · 칼럼니스트

'나에게는 두 명의 남자 친구가 있다'는 주인공 요시카의 마음의 독백을 읽었을 때, 그런 과도한 혜택을 받은 여성에게 감정 이입을 할 수 있을까 염려했는데, 이야기가 전개되면서 거기에는 요시카의 망상이 섞여 있다는 사실이 밝혀졌습니다. '원래 내가 가장 사랑하는 사람이지만, 도저히 백년해로할 수 있을 것 같지 않아 종종 겁먹은 미소를 짓는 그의 모습을 보고 싶을 뿐'인 남자 이치, 그리고 '전혀 사랑하지 않음에도 불구하고 장차 결혼할지도 모르는' 남자 니 사이에서 흔들리는 주인공. 하지만 이치는 중학교 시절의 짝사랑 상대로, 거의 접촉이 없는 상황입니다. 이 사실을 깨달은 저는 리얼충(최근 일본에서 자주 쓰이는 속어. 현실에 충실한 사람을 일컬음 ― 옮긴이)과는 거리가 먼 요시카에게 친근감이 느껴지기 시작했습니다. 요시카가 두 남자와의 결혼식을 상상하는 장면은 읽으면서 영상이 떠오를 정도였습니다. 니와 결혼한다면 예식은 적당히 해치우고 턱을 괸 채 잔디밭을 바라보는, 시종 무기력한 태도로 일관하고, 이치와의 결혼식에는 남자의 턱시도 나비넥타이에 GPS를 달고 전 여자친구가 오지 않도록 친척만 초대한다는 요시카의 상상력은 과연 오타쿠계 답습니다.

우리 주위에도 요시카처럼 연애 망상에 빠진 여성이 많을 것 같은데, 예전에 어느 심리학자의 책에서 읽은 무서운 말이 떠오릅니다. 심리학자가 말하길, 우리는 무언가를 공상하고 있을 때 그것이 현실인지 판타지인지 구별하지 못하기 때문에, 공상으로 만족감을 얻게 되면 거기서 더 이상 나아갈 수 없게 되고, 그러면서 현실의 소망이 이루어지지 않게 된다고 합니다. 그에 따르면 망상이 중심인 이치와의 사랑에는 불온한 기운이 감돕니다. 그리고 요시카의 망상을 무너뜨리듯이 나타난, 같은 회사 영업과에 다니는 남자 니.

니는 경리과 소속인 요시카에게 정산서가 미흡하다는 이유로 혼이 난 후 그녀를 의식하게 되고, 어느 날 포스트잇을 몸에 붙인 채 나타난 그녀의 얼빠진 모습에 마음을 뺏긴 듯합니다. 그리고 요시카의 머릿속에서 삼각관계가 시작되면서 사랑 받는 것과 사랑하는 것 중 어느 쪽이 더 행복한가, 라는 영원한 명제가 부상합니다.

흔히 옛사람들이 말하듯이 여자는 사랑 받는 편이 행복할 것 같지만, 그것만으로는 어딘가 부족합니다. 에그자일 (EXILE, 일본의 유명 남성 댄스보컬 그룹―옮긴이)을 예로 들면, 다카히로를 좋아하지만 좀처럼 나를 봐 주지 않으니 상냥한 우사를 만나서 위로 받고 싶듯이, 두 관계를 양립할 수 있다면 그쪽이 이상적일지도 모릅니다. 연애 초보이면서도 적극적인 요시카는 마음속으로 양다리를 걸치고 있습니다. '이치와 재회한 후에는 그전보다 더욱더 니가 어떻게 되든 상관없어져서 그의 얼굴이 30퍼센트는 더 허접해 보인다'는 식으로 잔혹한 비교를 하고 있는데, 여성은 보통 이 정도로 심한 말을 쉽게 떠올리는 법이라 오히려 현실적입니다. 니에게 자기를 소개할 때도 '얼굴에 버짐이 잘 피고, 목은 1년 내내 색소가 침착된 상태'라며 김새는 말만 하고, 애교라고는 하나도 없습니다. 물론 자기에게 마음이 없다는 점이 니의 사냥 본능(영업사원 특유의)을 점점 더 부채질한 것 같지만 말이죠.

한편 요시카에게 이치는 영원한 왕자님입니다. 친구들은 크고 촉촉한 검은 눈동자를 가진 애완동물 같은 존재인 이치를 괴롭히고, 요시카는 겁을 먹은 이치의 모습을 시야 가장자리로 포착하면서 내심 설레어 합니다. 오타쿠계인 그녀는 자기보다 약해 보이는 남성에게 호감을 느끼는 걸까요? 그녀는 이치와 딱 세 번밖에 대화를 나누지 않았지만 모든 기억을 소중히 여기며 때때로 머릿속에서 재생시킵니다. 평범한 여성이라면 사춘기 시절의 그런 사랑은 버리고 미래를 생각해서 유능한 영업사원인 니를 고르겠지요. 그러나 중 2병 증세가 있는 요시카는 도저히 이치를 포기하지 못합니다. 중학교 같은 반 모임에서 도쿄로 상경한 동창들의 홈 파티로 이어지는 흐름 속에서 어떻게든 그와 접점을 만들려고 하죠. 얼핏 망상만 하는 것처럼 보이지만 그녀에게는 묘한 행동력이 있어서, 독자로서는 가슴이 조마조마한 가운데 그녀의 일거수일투족에서 눈을 뗄 수가 없습니다. 그때 저는 초등학교 시절 저의 뼈아픈 행동을 떠올렸습니다. 초등학교 6학년 당시 저는 축구를 잘했던 반 친구 A군을 좋아해 밸런타인데이에 축구공 모양의 초콜릿을 한가득 선물했었습니다. 그런데 거기까지는 평범했지만, 동봉한 편지에 '화이트데이의 답례는 캔디가 아니라 A군의 동정(童貞)을 받고 싶어'라고 쓰는 바람에 당연히 묵살 당하고 말았죠. 그 사건으로 마음이 찢어질 것처럼 아픈 경험을 한 후 연애에 별로 적극적인 태도를 보일 수 없게 된 저로서는 요시카의 배짱과 적극성이 부럽기만 합니다.

도쿄에서 열린 동창생들의 홈 파티에서 요시카는 중학교 시절부터 변함없이 검먹은 모습이 섹시한 이치의 모습을 만끽합니다. 그리고 파티의 후반, 같은 반 여자 친구와 이치가 잘되는 모습을 보이자 소외감으로 인해 악에 받쳐 이치를 상상하며 만든 일러스트 〈모태왕자〉를 그리기 시작합니다. 삶의 고통이 폭발하는 듯한 이 장면은 너무 안쓰러운 나머지 똑바로 볼 수가 없었습니다. 전에 친구의 결혼식에서 여흥에 너무 진지해진 같은 반 오타쿠계 친구가 주먹에

피를 흘려가며 벽에 붙은 풍선을 터뜨리는 모습을 보고 주변 공기가 싸해졌던 일이 떠올랐습니다. 어쨌든 배짱이 좋은 건지 요시카는 모태왕자가 바로 이치라고 얘기한 것도 모자라, 중학교 때 이치를 동경했다고 고백을 합니다. 신경질적으로 손을 씻는 이치에게 또 한 번 반하기도 하죠. 멸종동물이라는 화제에도 서로 공감하며 운명을 느끼기도 합니다. 그러나 오타쿠계 사람에게 흔히 있는 일인데, 대화가 서로의 정보를 공표하는 경쟁으로 흘러가다 보니 남녀 사이로 발전하기 어렵다는 난점이 있습니다. 모처럼 짝사랑하는 남자와 밤을 새우는 기회이니 분위기를 좀 더 섹시하게 만들어도 좋을 것 같은데 말이죠.

요시카가 처녀라는 점 역시 연애의 발전을 방해하고 일을 복잡하게 만드는 듯합니다. 요시카는 결혼식에 대한 망상은 해도, 육체관계까지는 상상할 수 없는 니가 키스를 하자 빨판 같아서 불쾌한 나머지 도망쳐 버리는 순정적인 여자입니다. '처녀란 나에게 처음 우산을 샀을 때부터 지금까지 붙어 있는 손잡이의 비닐 덮개 같은 것'이라고 자조적으로 표현하면서도, 어떻게 되든 상관없는 상대와는 하고 싶지 않다는 생각에 스물여섯 살까지 정조를 지켜 왔죠. 마음 속으로는 처녀에 집착하고 있어서, 니가 구애한 것도 자기가 처녀이기 때문이라고 믿어 버립니다. 그리고 사태는 더욱 예상 밖의 스릴 넘치는 전개를 보입니다.

책을 읽으면서 요시카는 남자의 시선을 끄는 마성의 여자에 속하지 않을까 하는 느낌이 들었습니다(B형이고). 그래선지 자존심이 세고, 자기중심적이고, 남자를 자기 취미에 동참시키려는 요시카를 쫓아다니는 니의 마음도 이해가 갑니다. 하지만 혹시 요시카가 니와의 정에 얽매여 그를 좋아하게 된다면…… 니는 한번 자기 손에 들어오면 무관심해지는 성격일지도 모릅니다. 노파심이지만, 요시카가 이대로 쭉 이치를 생각하며 머릿속으로 양다리를 유지해야 행복해질 수 있을 것 같은 느낌이 듭니다.

제멋대로 떨고 있어

초판 1쇄 인쇄 2019년 1월 10일
초판 1쇄 발행 2019년 1월 15일

지은이 | 와타야 리사
옮긴이 | 채숙향
펴낸이 | 윤희육
편집 | 신현대
디자인 | 김윤남
마케팅 | 석철호

펴낸곳 | 창심소
등록번호 | 제2017-000039호
주소 | 경기도 파주시 문발로 405(신촌동) 307호
전화 | 070-8818-5910
팩스 | 0505-999-5910
메일 | changsimso@naver.com

ISBN 979-11-965520-0-8 03830

이 도서의 국립중앙도서관 출판예정도서목록(CIP)은 서지정보유통지원시스템 홈페이지
(http://seoji.nl.go.kr)와 국가자료공동목록시스템(http://www.nl.go.kr/kolisnet)에서
이용하실 수 있습니다.(CIP제어번호: CIP2018040926)